Lisett Erden   Die Treppenfrau

AF211012

Umschlagfoto: „Seifenblase auf der Treppenstufe"
von Ruth Rudolph/pixelio.de

Lisett Erden

Die Treppenfrau

Roman

Göttliche Gaben

Band 3: Die Fähigkeit zu hoffen

Bibliografische Information der Deutschen Nationalbibliothek:
Die Deutsche Nationalbibliothek verzeichnet diese Publikation in der Deutschen Nationalbibliografie; detaillierte bibliografische Daten sind im Internet über http://dnb.dnb.de abrufbar.

Herstellung und Verlag: BoD – Books on Demand, Norderstedt ISBN: 978-3-**8391-5305-5**

Inhalt

Deine Hände

Mein ganzes Leben habe ich nach
ihnen gesucht.
Treppen stieg ich empor,
ging über Pflasterstraßen,
Züge trugen mich fort,
Wasser brachten mich her,
und auf der Haut der Trauben
meinte ich dich zu fühlen.
Das Holz gab unversehens
mir Berührung mit dir,
und die Mandel verhieß mir
deine heimliche Sanftheit,
bis deine Hände sich
schlossen auf meiner Brust,
um hier nun wie zwei Flügel
zu beenden die Reise.

Pablo Neruda

(übersetzt von Fritz Vogelsang)

Haustreppe

Die Sommerhitze lag auf dem Hausdach über dem Obergeschoß wie ein Heizkissen auf der höchsten Stufe. Einige Strahlen schoben sich durch die Spalten der Fensterläden und heizten den Teppichläufer vor dem Kleiderschrank auf, sodass die Barfüße brannten und sie wie ein armer Tanzbär zu trippeln begann. Die Ahornbäume am Ufer des Baches vor dem Häuserblock dösten faul vor sich hin. Ab und zu schreckten sie auf, wenn eine leichte Wasserbrise zu ihnen hochschwang. Wendelgard stand vor dem Schrankspiegel und sah darin zu, wie ihre Mutter sie anzog. Das neue Kleid durfte sie heute tragen. Vor ein paar Tagen hatte sie es zu ihrem dritten Geburtstag geschenkt bekommen. Zum Sonntagnachmittagsspaziergang mit Mama, Bruder, Oma und Opa putzte Mama die Kinder heraus. Das Kleidchen war leichtstoffig und ziemlich lang, da es ja wo möglichst nächstes Jahr noch passen sollte. Ein Gefühl von Eleganz und Schönheit rieselte die kleinen Fältchen hinunter. Sie betastete die gesmokte Partie auf der Brust und betastete die kleinen bunten Blüten auf dem zart lindgrünen Stoff. Millefleurs sur les prés (tausend Blümchen auf den Wiesen). Lindgrün waren auch ihre Augen; manchmal, wenn die Sonne eintrat, schien die Iris honiggelb, von einem türkisblauen Ring umgeben; bernsteinen meinte ihre Patentante. Mama sagte nie etwas über ihre seltene Augenfarbe. Für sie gab es braun, wie ihre eigenen, oder blau wie die von Papa.

„So ein schönes Kleid, Mama!"

„Gefällt es dir?"

„O ja, sehr!"

Das Mädchen stand ganz versonnen im Schattenspiel des Lichts, wach und schläfrig zugleich. Ihr Fühlen entschwebte in eine von ihr nicht zu benennende Dimension, eingelullt von einem federleichten Augenblick. Der warf ins Kleidchen Samen, die bis in ferne Epochen ihre Fruchtbarkeit bewahrten.

„Nein, das Strohhütchen nicht! Nein. Es sperrt meinen Kopf so ein!"

„Das Hütchen muss sein, wegen der Hitze."

Sie fügte sich, ungern.

„Pass auf, dass du es nicht wieder verlierst! Wie die anderen."

Wendelgard trug dieses Geschehen mit sich in die Jahre als etwas Kostbares. Zum ersten Mal war sie bewusst eingetaucht im Meer des Schönen und in seinem sanften Fließen mitgeschwommen, hatte seinen Farbzauber beäugt und seinen erfrischenden, betörenden Duft gerochen.

Im Alltag nahm sie gerne das Edle wahr und bezeichnete es so. Frieder, ihr Mann, hatte eines Tages angefangen, sie damit zu necken oder ironisch zu treffen, indem er sie so benannte oder ihrem Urteil zuvorkam, gespreizt sprechend: „Das ist aber edel."

Das Wort war prall gefüllt mit erlebten Augenblicken, ein Schatzsäcklein von reinen Gedanken, wahrhaftigem Handeln, echten Empfindungen, klaren Gerüchen, Gesichten, Lauten, Farben und Formen, die mehr Reichtum ausmachten als materieller Wohlstand. Sie fühlte sich geschaffen, Besonderes, Glanzvolles aufzuspüren und auch davon zu sprechen. Dies aber interessierte andere oft gar nicht und sie hielten sie bei Gesprächen für übersteigert oder unverständlich und schwenkten ungeniert zu einem anderen Thema ab. Es berührte sie mit bitter schmeckender Beschämung und druckte im Hals. Ganz selten traf sie jemanden, der mit ihr in die gelbgrüne Sphäre entgleiten wollte. Das war Glück pur.

In den Räumen der Abtei war es an jenem Morgen kühl. Wendelgard betrat deshalb gar nicht erst den Pilger-Shop, sondern drängte nach draußen, in die Sonne. Ein wenig Zeit blieb ihr noch zum Umschauen. Die Umgebung der Basilika bestach durch Ästhetik und Pflege und zeigte ein sonntägliches Gehabe. Angelockt von einem eigenartigen Singsang schlug sie den Weg zu einem

Aussichtspunkt ein, von wo man einen reizvollen Blick auf das südliche Jerusalem genießt. Gleiches Vorhaben hatten auch einige Globetrotter. Kein Auto störte die Ruhe; die Leute nutzten das Sträßchen zum Verweilen und Plaudern. Eine hohe Mauer aus Jerusalem-Bruchsteinen an seinem Rand bildete den Bühnenhintergrund für ein skurriles Geschehen.

König David trat da auf, in hellblauer Tunika, golden gegürtet, golden gekrönt, die Füße in Sandalen. Er tänzelte wie damals, als er die Bundeslade zum Heiligtum hinauf begleitete, und seine Frau Michal sich seiner kindischen Attitüde wegen schämte. Die Komik sprang über auf die Zuschauer; einige ließen sich mitbewegen von seinem eigenartigen Geliedel, einem Mix aus Welt- und Herzenssprachen, den er mit einer Karneval-Kinderharfe beleierte. Zugleich ernüchterte die Bloßstellung, da sie ihn angreifbar machte. Sich den Stimmungen und Erwartungen der Beschauer auszusetzen, verlangt Mut. Der beliebteste Herrscher dieses Landes war gleichsam das Vorbild für die Spezies homo ludens. Wieder einer mit dem Jerusalem-Syndrom, meinte jemand im Vorbeigehen herablassend.

Als er eine Kleingruppe anträllerte, hielt sie an und reagierte auf seine Drei-Ton-Konversation. Im Verlauf derselben setzte er einer der Frauen eine zweite Krone auf und stellte sie mit Ehrerbietung dem Publikum vor, ihre

Hand galant zur Schulterhöhe führend:

„Halleluja, die Königin aus ... (sie nannte das Land) mit Namen ... (Maria, sagte sie) Maria."

Auch ihre Begleiter segnete er und huldigte ihnen. Fröhlich gingen sie auf sein liebenswürdiges Getue ein und tanzten rhythmisch mit, in einem Variationsschritt von Samba. Selbstverständlich schossen sie auch Fotos von ihrer Krönung. Denn zu Hause glaubte man ihnen gewiss nicht ohne Beweise.

Anscheinend hatte ihn Wendelgard so entzückt und berührt angeschaut, er lud sie mit Blicken zum Unterhalten ein. Bereitwillig teilte er aus seinem Leben mit: Hier sei er schon einmal gewesen vor ein paar Jahren; danach sei er weit gereist; Kinder habe er in einer fernen Stadt. Die Stürme seines Lebens hätten sich mittlerweile beruhigt, er wolle nun endlich die Verantwortung für seine Familie übernehmen. Aber heute sei er noch mal König David, der ja auch Schuld auf sich geladen. Mit seinem Spiel wolle er die Menschen in dieser hektischen und unfriedlichen Stadt ein wenig erfreuen. (Auf einen Spendenteller hatte er tatsächlich verzichtet.)

„Ein gläubiger Mann hat mir, es ist einige Zeit her, eine Geschichte erzählt, die mich zu meinem Handeln animiert hat. Wollen Sie sie hören?"

„Sehr gerne."

„Der Läufer Gottes Elias erschien einmal einem Rabbi

auf einem Marktplatz. Dieser fragte ihn, ob unter den vielen Menschen hier einer wäre, der an der künftigen Welt Anteil haben würde. Drei nannte ihm der Prophet. Zwei davon waren Spaßmacher, die ihre Possen so begründeten: Sehen wir jemanden betrübt, so erheitern wir ihn; wenn Leute sich zanken, bringen wir sie zum Lachen."

Weiter strich David seine Leier, bog die Hüfte nach links und mit sachtem Schwung nach rechts zu einem schaukelnden Hüpfschritt und zitterkrähte hold sein Hosianna.

Das Kleidchen war eines Tages verschwunden. Ebenso ein dunkelblaues Strickkleid mit besticktem Brusteinsatz. Papa hatte es „verfuggert" gegen einen Rucksack Kartoffeln und ein paar Eier. Ebenso weg war ein Matrosenanzug des ein Jahr älteren Bruders Wolfgang. Ob er ihn auch so vermisste? Sie jedenfalls weinte. Mama war mittraurig und tröstete, so gut sie in ihrem eigenen Kriegsleid konnte. Jedoch, das Essen wärmte den knurrenden Bauch und füllte wohl. Wendelgard merkte auch wie alle in der Familie, wie gut es war, satt zu sein. Aber der Verlust der Kleidchen war schmerzlich und unbegreiflich. In den Tränen versalzten die angenehmen Gefühle und brannten bis in die Brust. Unwiederbringlich Verlorenes tat weh. Es ohnmächtig hinnehmen zu müssen tat noch weher und zwickte. Der Schmerz bekleckerte die Erinnerung und trocknete zu einer braunen Kruste. Diese bedeckte das Plattförmchen ihres kleinen Lebens, klebte sich an ihre Füßchen, mit denen sie oft stolperte, auf ebenem Boden. Die Knie waren ständig eitrig und zugepflastert.

Eine Bombe hatte ihre Miet-Etage getroffen und sie wohnten nun eine Weile bei den Großeltern im Haus. Großvater, ein Schreiner, hatte eine Holztreppe gebaut, vom Erdgeschoß in den ersten Stock, welche das Kind liebte. Von da aus führte noch eine steile Stiege, hinter einer Flurtür zugänglich, auf den Speicher. Weitere drei Treppen aus Sandstein gab es außerdem draußen. Von einem kleinen Vorplatz, auf den der Hausflur zulief, ging eine, schon etwas ausgetreten, in den Hof hinunter und von da eine, glitschig bemoost in den nassen Jahreszeiten, in den Keller. Nicht zu vergessen die Eingangstreppe auf der Straßenseite, von einem Mauerbogen überdacht. Treppen, die kleine Absätze hatten, Mäuerchen, Nischen zum Spielen, Verstecke. Kein großes Haus, nach dem ersten Weltkrieg gebaut und von den sparsamen Großeltern abgezahlt. Kein Schloss Chambord mit vierundachtzig Treppen. Aber mit genug Treppen, um das Steigen hinauf und hinab zu üben.

Sie meidet heute das Treppengehen. Die Knie tun es nicht mehr locker. Besonders das Rechte ist verschleißgeschädigt. Vor drei Jahren wurde es operativ behandelt. Nur langsam trat Besserung ein. Eine Erlösung, wieder Strecken gehen zu können, Wanderungen zu machen mit ihrem Mann und Freunden, Rundgänge um den Ort, im Burgpark, in näherer und entfernterer Natur. Auf Bahnhöfen nutzt sie den Aufzug, um aus der Unterwelt hinaufzusteigen und umgekehrt von der Lichtwelt hinunter. Wenn er nicht funktioniert, lässt sie beim Treppensteigen den Strom der hastenden Menschen an sich vorbei und nimmt äußerst seitlich eine Stufe nach der andern, im Zeitlupentempo.

Die Massivholztreppe in ihrem eigenen Haus war anstelle einer „steilen Hühnerleiter" von einem Kunstschreiner aus dem waldigen Umland millimetergenau eingesetzt worden. Sie war die teuerste Investition gewesen (teurer als die Heizung), die sie in dem älteren Bau getätigt hatten. Für weitere Verschönerungen blieb kein Geld mehr. Aus einem hellbraun, leicht rötlich schimmernden Hartholz gefertigt, dreht sie sich unten für sechs Stufen um einen massiven Pfeiler empor, eine Spindel, ein Stückchen Wendeltreppe formend. Der Meister bedauerte, kein Schnitzbild in den Pfosten machen zu dürfen, für einen Luxusaufschlag, ein Berufssymbol oder ein religiöses. Wie waren seine Vorlagen kunstvoll! Ansehnlich ist er dennoch geworden in seiner einfachen, klaren Struktur: glatt, glänzend und griffig, dreistöckig, wobei die unteren Teile runde und eckige Ausbuchtungen haben. Die Enkelkinder schleudern mal schnell ihren Anorak darüber. Ein Geländer aus schön geschwungenen Latten strebt hinauf.

Gleichwohl erhielt die Treppe schon beim Einsetzen eine Kerbe auf der dritten Stufe, weil nämlich ein Arbeiter seinen Hammer von oben herabfallen ließ. Schon drei Jahrzehnte narbt sie da. Sie hatten nach erstem Zetern (insbesondere jammerte Wendelgard, das Ungeschick mit seiner hässlichen Auswirkung nicht fassen zu wollen) kein Aufheben mehr darum gemacht und sie akzeptiert, dem Ablauf der Ereignisse zugehörig.

Die metallene Kellertreppe beließen sie, obwohl sie kein ideales Steigungsverhältnis hat (die senkrechte Setzstufe misst höher als von der Bauordnung vorgegeben), weswegen Wendel erst nur ungern und bald gar nicht mehr hinunterging, aus Protest, weil Friedrich keine Handlungsnotwendigkeit sah. Ebenfalls blieb die ausziehbare Bodentreppe ein Provisorium und ein Tabu für die Hausfrau. Lediglich war sie ihrem Mann von unten her behilflich, wenn er die Weihnachtskisten und die Koffer runter reichte. Sie empfand diese beiden Behelfstreppen als eine Einengung ihrer Steigmöglichkeiten.

Auf Großvaters Treppe verweilte sie gerne, sitzend, guckte durch die gedrechselten Stäbe in den Flur, dideldumdeite Kinderreime und Liedchen, lernte Gedichte, lutschte eine rotgestreifte Zuckerstange in Kirmes- und Jahrmarktzeiten. Herrlich ließ es sich auf dem Zwischenpodest spielen. An Weihnachten stand ihre Puppenküche da; und einen Tritt höher das Puppenschlafzimmer. Das Christkind hatte eine gute Wahl getroffen, ihr einen vom übrigen Familientrubel so abgelegenen Platz zu schenken. Ungestört konnte sie hier plaudern und mimen, Möbelchen verrücken, manchmal auch mit einer Straßenspielfreundin. Ein Weihnachtsglück, das bis zu Ostern reichte. Von außen betrachtet absolut nichts Spektakuläres, kommentierte sie, erwachsen geworden, dieses Winkeltreiben.

Später las sie darauf. Wenn sie zu sichtbar und zu lange auf der Treppe las, schimpfte Mama und rief sie zu einer Arbeit. Lesen war ein rotes Tuch für sie. Zwangsläufig entdeckte Wendelgard ein neues Lese-Land. Unter Großmutters weinrotem Plüschsofa, von dem lange Troddeln vorne herunterbaumelten, ließ es sich unbemerkt herrlich lesen und tagträumen. Nur dass sie danach meist, von feinen, grauen Flusengebilden umwoben, als Spinnenfee wieder auftauchte, denn mit Putzen nahmen es die beiden Mütter nicht so ernst.

Auch Wolfgang nutzte die Stufen. Seine Messdiener-Gebete lernte er auswendig, indem er laut skandierend „Ad-de-um-qui-lae-ti-fi-cat-iu-ven-tu-te-me-a" hoch und abwärts lief. Weil sie Gefallen an dem fremden Klang und dem eigenartigen Sprachrhythmus hatte, sprach und sprang sie ihm hinterher. Leider durfte sie, eine Ungerechtigkeit in ihren Augen, keinen Altardienst verrichten. Die Gebete aber hat sie nicht umsonst geleiert. „Zu Gott, der mich erfreut von Jugend auf …" Für sie bedeutete dies ganz klar: Hinauf! Und das Latein, quasi die Schmiere fürs Emporschreiten, von Papa hochgeschätzt und gekonnt, blieb ihr gefällig und sie lernte es später.

Heute liest sie nicht mehr auf der Treppe im Flur ihres Hauses. Nur zum Schuhebinden sitzt sie auf der zweituntersten Stufe; der Schuhlöffel hängt deswegen gleich daneben an der Wand. Auch zum Telefonieren nimmt sie gelegentlich Platz da. Das Träumen und Fabulieren findet woanders statt. Oder überhaupt nicht? Phasenweise schon noch und auch intensiv, nach nächtlichem Aufwachen in Seitenlage im Bett und im Morgengrauen auf dem Rücken liegend, wenn sich die Zimmerwände voneinander trennen und der Blick in den Kosmos schweifen kann.

In einer Tabelle erfasst sie gerade alle Pros und Contras zum Verbleiben in ihrem eigenen Haus. Eine innere

Unruhe treibt sie schon etliche Jahre dazu, sich mit einem Umzug zu befassen. Um nicht aus irgendwelchen Launen heraus zu entscheiden, macht sie eine sachliche Bestandsaufnahme. Siehe da, die Pro-Spalte ist viel länger und weist ihre wichtigsten, guten Kontakte auf, die aufzugeben leichtfertig wäre. An oberster Stelle die zu ihren Kindern und Enkelkindern, die um die Ecke wohnen. Sämtliche baulichen Lücken und Reparaturnotwendigkeiten (kaum zu glauben, dass Keller- und Speichertreppe schon seit dreißig Jahren hätten erneuert werden müssen) stehen bei Contra. Ein Narr, wer glaubt, dies jetzt noch bewerkstelligen zu können oder wollen. Die Flurtreppe, ihr früher so lieb, rangiert auf dem negativen Depot ganz oben. Hinaufkommen ist nun anstrengend geworden, mangels Wendigkeit. Gewiss, es gibt Treppenlifte. Nein, einen solchen zu nutzen, erscheint ihr geradezu grotesk. Sich hochfahren zu lassen, statt zu gehen, wenn auch zuweilen schon recht mühsam, mitnichten!

Und wie wär's mit einer Wohnraum-Reduzierung? Im Erdgeschoß verbliebe genug Raum zum Leben. Bescheiden zwar, aber ausreichend. Auf einer Ebene leben! Ein körperlich empfundenes Verlangen. Nicht mehr steigen müssen. Nicht mehr Angst vorm Rutschen oder Fallen haben; sie trägt im Herbst und Winter graue, glatte Filzlatschen ohne feste Sohle. Zweimal ist sie schon einige Stufen herunter geglitten, schmerzhaft auf dem Hintern. Alles schön und gut, allein - es fehlt das Einverständnis ihres Mannes. Er denkt und fühlt nicht so. Oder fürchtet er den Aufwand einer Veränderung? Gespräche braucht es, Kompromisse.

Als ihr die geliebten Kleidchen genommen worden waren, so mit vier, nahm sie sich eines wieder.

Die Kusine Rosalia besaß eine ganze Schar von Puppen in allen Größen, dazu eine Unmenge Kleidchen und Mäntelchen, Röckchen und Käppchen, sodass sie den ganzen Tag mit An- und Ausziehen hätte beschäftigt sein können. Wenn Wendelgard sie besuchte im zehn Kilometer entfernten Dorf, so alle paar Wochen (Mama fuhr mit dem Fahrrad, und sie saß auf dem Gepäckträger), dann badete sie in diesen Mädchenherrlichkeiten. Ihre eigene Entbehrung diesbezüglich löste sich in dem Stoffhaufen auf wie ein Eisklumpen in warmem Wasser, und sie griff nach den feinsten Stücken für ihre bevorzugten Puppen und kleidete sie an. Röschen schaute eine Weile zu und enteilte - gelangweilt.

„Schenkst du mir ein Kleidchen, nur ein ganz kleines, für meine einzige Puppe, sie hat nichts zum Wechseln?"

Rosa lehnte strikte und perfide ab, die Absage geradezu genießend.

Da keimte in Wendi der Vorsatz, bei Gelegenheit eines einfach mitzunehmen, es einzustecken, zu mopsen. Wäre das gestohlen? „Nein, nein! Sie hat doch so viel! Sie merkt doch gar nichts."

Aber haben Mama und Papa ihnen, den beiden Kindern, nicht fest eingebläut, dass man nicht stehlen darf? Stehlen ist was Schlimmes. Da ist man böse. Sie wollte gut sein.

Seufzend faltete sie die Sachen zusammen, lustlos.

Beim übernächsten Besuch, ließ sie ein rotkariertes Gretel-Kleidchen mitgehen, mit grünen Litzen am Saum und kurzen Ärmelchen. Es zog so schwer in der Jackentasche und war doch nur so winzig und leicht.

Sie wunderte sich über sich. Sie kannte sich nicht mehr. War sie das? War da wirklich ein Kleidchen? Der Gepäckträger schnitt arg in die Oberschenkel, wie noch nie. Immer wieder betastete sie das Diebesgut. Nach der halben Wegstrecke hoffte sie, es sei weg, verloren gegangen, habe sich mit leisem Peng verpufft.

Niemals zog sie es ihrer Puppe an, es passte auch nicht, war viel zu eng. So lag es nun auf dem Boden ihrer Schachtel, ganz zuunterst ihrer Habseligkeiten, wertlos geworden, unbedeutend, Plunder, und doch ein gewichtiges rotes Schamstück.

Keine Erinnerung gibt es mehr daran, wann sie es entsorgt hatte. Sie hatte sie verdrängt. Zu alledem log sie auch noch, vorsätzlich. Rosalia hatte doch tatsächlich diesen „Zottel" vermisst. Die Tante hatte Mama nach dem Verbleib besagten Fummels gefragt und gemutmaßt, dass Wendelgard ihn entwendet haben müsste.

Mama entrüstete sich über ihre Kusine. Ihre Tochter und stehlen! Eine freche Behauptung. (Sie war ihrer Kusine sowieso nicht grün.) Verletzt war ihr Stolz; sie wehrte schnippisch ab. Auf der anderen Seite, die der beiden Basen, schlugen die Zweifel Blasen.

„Du hast das Kleidchen doch nicht mitgenommen?", fragte Mama.

„Hab ich nicht." Wendis Stimme zitterte nicht.

„Wusste ich ´s doch."

Als wäre es die steinerne Hoftreppe hinunter gefallen und hart, sehr hart aufgeschlagen, erging es dem Kind. Schmerzlich der Aufprall, dunkel der Bluterguss inwendig, gebildet aus dem Schock, etwas gemacht zu haben, was es eigentlich gar nicht gewollt hatte, das einfach so über es gekommen war, das ihm passiert war, das schlecht war, das es aber getan hatte, das es jetzt verabscheute! Und das für so einen hässlichen, gemeinen Fetzen. Jetzt war ihr inneres Gewand, ihr Engelskleid befleckt.

Ein zweiter Absturz folgte bald darauf, wie vom ersten angezogen. Zu Ostern.

Dieses Fest! Im beginnenden Frühling erblühte es wie eine Blume, eine Narzisse, gelb und fröhlich.

Bunt das Nest! Blaue, grüne, lila Eier! Der rote Zuckerhase! Auf frischem Moos gebettet! Sie hatten es im nahen Tal gepflückt und dabei den Osterhasen über einen Acker flitzen sehen, während Mama den jungen Löwenzahn für Salat stach. Die Veilchen märzten so lieb, als das Mädchen ihre violetten Köpfchen hob.

Ein Spielzeug gab es außer dem Eiernest. Wendelgard leb-, leib-, liebte Ostern, weil überall in allem etwas strömte, was sie nicht benennen konnte aber spürte, etwas, was Mamas Gesicht entspannte und Papa scherzen ließ.

In der frühen Morgenstunde erwachte sie, vor der Zeit, sofort hellwach. War der Hase schon dagewesen? Warum warten bis nach dem Frühstück? Schon mal vorweg lugen! Aber so, dass die Eltern es nicht merken. Sie würden schimpfen. Papa war für Disziplin, er war Soldat. Mama hätte mehr Verständnis, sie hasste seine Auffassung von Zucht und Ordnung. Leise stahl sie sich aus dem Bett und schlich zur Loggia. Die Tür war angelehnt. Da lag das Nest, neben einem Blumentopf. In der zwielichtigen Dämmerung eingehüllt in Grau.

Die Osterfreude war kaputt, weggeflogen wie die Glocken der Kirche am Karfreitag. Futsch!

Es fiel ein Reif in der Frühlingsnacht ... in das sehnsuchtsvolle Herz ...

Ernüchtert, enttäuscht zog sie sich die Decke über den Kopf. Beschämt war sie, tief, und wälzte sich unruhig in einen Halbschlaf, bis Mama kam und sie weckte.

Es kam keine rechte Freude mehr in ihr auf, gleichwohl sie sich beim Eiersuchen anstrengte und so tat, als ob sie überrascht sei. Das vergrößerte auch noch die Scham und beschattete ihr Herz.

Spätere Ostern verliefen schön. Im Garten des großelterlichen Hauses suchten sie die Nester. Ihres lag im Rhabarber, unter den frischen Blättern, meist ein bunter, dicker Ball daneben. Eine leuchtende Kugel, die so fremd nach frischem Gummi roch und glänzte, und so verführerisch Spiellust erzeugte. Unterm Zwetschgenbaum ragten die Stelzen hervor. Großvater zimmerte sie jährlich neu. Auf Stelzen laufen war eine Leidenschaft. Von der Erde auf die Fußsockel, hochhieven und los. Die Geschwister konnten es meisterlich, spielten sogar Fangen auf den Holzbeinen, staksten die Treppen damit rauf und runter. Nie gab es eine Verletzung. Wohl ein Wackeln, das man aber abfing. Groß sein, Höhenluft atmen, weit blicken. Die Stupsnase schnupperte mit empor und ließ sich von

Mamas irrsinniger Korrektur-Maßnahme, einer aufge-
steckten Wäscheklammer, nur für Sekunden geduldet,
nicht gerade richten.

Im Winter warteten nicht minder attraktive Freuden.
Reichlichen Schnee gab es, auf der Straße, den Wegen,
den Hängen des schon erwähnten Tals. Ein Hang fiel in
vier Terrassen ab. Von ihrem Idiotenhügel aus beobachtete sie die größeren Kinder, wie sie im rasanten Tempo,
zum Teil in weiten Hüpfern hinunterrasten auf den Schlitten, zu zweit, zu dritt, mit Anhängern, auf dem Bauch, auf
dem Rücken, aufeinander liegend. Der Reiz, dies auch
zu wagen, verebbte sofort an ihrer Bangigkeit, an ihrer
Vorsicht.

„Ihr bleibt im unteren Tal!" (Auf der Kleinkinderpiste
sozusagen.)

„Versprochen, Mama."

Aber im Bruder-Büblein (von der Sorte „auf dem Eis")
wuchs das Verlangen, sich mutig zu erweisen.

„Wir rodeln auch mal den großen Hang hinunter."

„Wir dürfen das nicht!"

„Nur einmal! Hier unten ist es doch langweilig."

„Nein."

„Doch. Da passiert nichts. Komm mit."

Das Aber schmolz dahin in der Neugier auf ein unbe-
kanntes Erlebnis in den Höhen. Endlich war der lange,

steile Aufstieg geschafft. Einige Jugendliche hätten sie fast gestreift und mitgerissen in der vollen Fahrt.

„Setz dich vorne hin, ich sitze hinten und steure", sagte Wolfgang.

„Ich will hinten sitzen, hinter deinem Rücken."

„Nein, du bist doch leichter."

Etwas widerständig ließ sie sich auf die Bretter schubsen, krallte sich seitlich fest, stellte die Füße auf die Kufen und genoss zu ihrer Verwunderung, trotz der dunklen Vorahnung, doch ein wenig die herrliche Aussicht. Ungeahnte, wilde, freie Luft. Die Welt da unten so klein, der Himmel sooo hoch! Viel Zeit blieb nicht zum Genießen. Wolfgang donnerte los: über die erste Terrasse, die zweite, auf der dritten überschlugen sie sich. Rumms! Er schleuderte seitlich ins Schneefeld, Wendi steckte unter dem Schlitten zwischen den Kufen und japste nach Luft.

Man zog sie heraus und bettete sie auf den Schlitten, halb ohnmächtig. Sie ließ es geschehen, erst ohne sich zu rühren, dann voll Jammern. Ob laut oder leise, weiß sie nicht mehr. Zwei nette Nachbarjungen brachten sie nach Hause, wo Mama erschrak.

Der Hals-Nasen-Ohren-Arzt stellte eine saftige Schwellung des Nasenbeines fest, gebrochen war es jedoch nicht. Das zerbeulte Gesicht nahm nach und nach die gewohnten Züge wieder an. Papa spaßte mit seinem Wendelchen wegen der Farbskala um die Nase. Er spielte mit ihr „Mensch-ärger-dich-nicht", „Schwarzer Peter" und fiedelte auf der Geige die „Träumerei" von Schumann. Nach drei schlimmen Tagen und Nächten konnte sie wieder lachen. Unverändert war die Himmelfahrtsnase, hob sich weiter nach oben.

Spaß am Rodeln war ihr für immer vergangen

Mit Freunden sind sie in einem Skulpturenpark. Im Rahmen einer privaten Einladung sollten alle eine Kamera mitbringen und dort fotografieren. Die Bilder würden ausgestellt werden, in einer sozialen Einrichtung. Wendelgard hatte schon seit zwei Jahren nicht mehr fotografiert. Ihr Mann knipste überhaupt nicht mehr, es lag ihm sowieso nicht. Sie schaut nun auch lieber genau hin, speichert das innere Bild und malt, wenn sie Lust hat, zu Hause ihren Eindruck aus, mit Worten oder Farben. Außerdem besitzen sie nur einen altmodischen, unhandlichen Apparat.

„Mit modernen technischen Geräten sind wir immer sehr zeitverzögert ausgestattet", erklärt er spröde den Hobbyfotografen.

Zwischen zwei Bäumen steht ein Stück Treppe. Mit drei sehr breiten Stufen. Weiß gestrichen. Auf der Wiese. Gestützt von zwei ergrünenden Büschen. Gerahmt von noch kahlen, hohen Bäumen. Einer hat eine dicke Krebsgeschwulst am unteren Stamm. Blauer Himmel mit ein paar weißen Wolken darüber. Nicht zu begehen, da Kunstwerk. Streng verboten, es zu berühren. Oben abgeschnitten von den weiteren Stufen. Hat aufgehört zu steigen. Fragen aufwerfend.

Wohin führt sie? Für wen? Warum so breit und niedrig? Wohin soll man nicht mehr weitersteigen? In welches Ungewisse einen Schritt oder Sprung wagen? In welche Unter- oder Oberwelt? Von weitem gleicht sie einem Diwan, zum Sitzen einladend. Oder einem umgekippten, leeren Wandregal. Einem Tritt zu einer Bühne. Ihrer Zweckbestimmung amputiert, wirkt sie blöd, schamlos blöd. Die Bäume versuchen ihre Beschränkung zu bedecken.

Als die Schulzeit begann, war Wendelgard erfreut. Trotz der armseligen äußeren Nachkriegsbedingungen, unter denen alle Schulkinder litten (zu große Klassen, halbzerstörte Schulhäuser und Toiletten, kein Lernmaterial), war sie lerngierig und -willig. Die Bildung, die man ihr reichte, verschlang sie wie die amerikanische Schulspeisung, die meistens einfach köstlich schmeckte. Nur die Handarbeit hätte sie am liebsten in der scheußlich seifigen Erbswurstsuppe versenkt. (Als junge Mutter brachte sie sich Stricken und Nähen bei, mit Lust!)

Sie mochte ihre Lehrer und Lehrerinnen, hatte nette Schulfreundinnen, lernte rasch und gut. Und das blieb so während ihrer gesamten Schulzeit später bis zum Abitur, und auch im Studium. Die Schule wurde immer mehr zu einem Ort der Erholung für sie, des glücklichen Asyls.

Zu Hause herrschte Unfrieden. Die Eltern kamen mit den vielen Schwierigkeiten nicht zurecht, mit der beengten Wohnung bei den Großeltern, mit der Kriegsverletzung und Arbeitslosigkeit des Vaters und mit ihrer beider sehr unterschiedlichen Veranlagung und Bildung. Tägliche Kräche setzten den Kindern zu. Manchmal flogen Gegenstände zwischen den beiden oder auch mal Papas Hand. Dann warf sich Wendi unters Sofa und erstickte fast an seelischer Atemlosigkeit.

Beide Kinder schluckten die Streitereien hinunter mit dem rationierten Brot und hungerten ständig nach schmackvolleren, sättigenden Speisen für Leib und Seele.

Draußen schüttelte Wendelgard den beschwerenden Druck von der Brust ab wie ein Vogel seine losen, überflüssigen Federn und erholte sich erstaunlich schnell. In den Nächten jedoch schlief sie unruhig und wenige Stunden. Wurde sie wach, so gegen drei, vier Uhr am Morgen, zog sie um in ihre Phantasiewelt. Mit der Zeit freute sie sich auf das Erwachen und ihr Abtauchen. Da sie mit den Eltern in einem Zimmer war, verhielt sie sich still, atmete in sich hinein und nicht mehr hörbar aus, stellte sich schlafend und wollte sich ihre heimlichen Eskapaden nicht nehmen lassen und nichts davon erzählen, nichts.

Es war wie eine Sucht, die in ihr ein Begehren schuf, das wie Fieber schwelte. Sie brauchte diese nächtliche Erneuerung, um wie Phönix aus der Asche ihres ehekriegsverbrannten Heimes aufzufliegen in eine heile Welt. Seine Flügel lieh sie sich und schwebte hinaus an ihr bekannte Orte: die Straße, die Geschäfte, die Trümmerplätze, die Schule, die Ufer des Baches. Überall herrschten Zwistigkeiten zwischen den Leuten.

Kleine Probleme, große gab es. Sie flog heran und löste sie. Ganz einfach heilte sie durch ihre Anwesenheit und ein paar Worte, einige Gesten. Manchmal glaubte sie, ein Engel zu sein, der Schutzengel des Stadtteils, manchmal auch Jesus oder etwas … von ihm. Es war reines Glück, ihre kleine Welt befrieden zu können. Man achtete, man liebte sie. Hatte sie ihre Mission erfüllt, kehrte sie in ihren Schlaf zurück. Erste Werksgeräusche aus dem Viertel jenseits des Baches drangen schon herüber und früher Vogelsang erklang. Seltsam, sie war morgens nicht müde.

Sie schreibt auch nachts, von drei bis fünf. Der Mond leuchtet ihr ins Heim. Blass funkeln die Sterne. Schweres in ihrem Verdauungssystem hat sie zuweilen geweckt, fordert einen Tee, eine sitzende Haltung, eine tiefe Atmung. Manchmal macht sie sich auch schon das Frühstück und richtet es auch für ihren Mann.

Einmal sah sie durchs Küchenfenster einen Marder über die Straße huschen (auch so ein nachtaktives Wesen) und zu ihr herüber blicken. Kommt er, um den Schaumstoff unter der Motorhaube ihres Wagens zu fressen? Findet das kleine, beißstarke Raubtier keine andere Beute? Wie „verrucht" das auch ist, es ist Vertrauter ihres nächtlichen Wirkens. Das verbindet. Luz meint, es sei ihr Totemtier.

Ein Marder ihr Krafttier? Wenig schmeichelhaft. Lieber wäre es ihr, ein Löwe hätte sie ausgesucht, um ihr geheime Botschaften zu eröffnen und Aufschlüsse über ihre Energiemuster zu geben.

Hie und da wacht sie sogar auf und hört ein Geräusch in der Einfahrt, ein Springen auf der Kühlerhaube, nicht das der Nachbarkatzen, etwas kräftiger, aber doch verhalten. Vom Flachdach überm Schlafzimmer hat sie zuweilen schnelles Trappeln vernommen.

„Da bist du wieder. Möchte dich gerne einmal überraschen, dich Heimlichtuer."

Eigenschaften wie agil, neugierig, mutig und intelligent dichtet man ihm an. (Auch anderen!) In seiner Wohnhöhle ginge es sauber und geordnet zu. Sympathisch. Er löse alte Bindungen auf. (Ha, weil er Autokabel durchbeißt?) Mag die Deutung der Verhaltensweisen des Marders und die Übertragung auf menschliche auch hergeholt sein, sie beschäftigt Wendelgard. Sein starker Kiefer repräsentiere den Gebrauch der Sprache, den Missbrauch und den positiven. Interessant. Sofern das Tier sie anstachelt, ihre Worte besser zu kontrollieren, in manchen Situationen zu entschärfen, will sie ihm Gehör schenken.

Auch heute erwacht sie um vier und schaut nach ihm aus. Nach Beendigung des Malens glüht sie müde, schleicht sich leise noch einmal ins Bett und kühlt sich aus. Bis zum Mittag ist sie leicht erschöpft.

Zum zehnten Geburtstag bekam sie noch einmal ein Exemplar der besten Puppenmarke im Land, eine Gretel. Mit selbstgestricktem, blauem Kleid. Mama hatte wohl damit hauptsächlich sich einen Wunsch erfüllt. Jeder Haushalt mit Mädchen musste eine dieser Marke haben, nach dem Krieg ein Wiedergutmachungsmuss. Einige Monate später ließ sich Wendele die blonden Zöpfe beim benachbarten Friseur abschneiden, gegen den Widerstand der Eltern. Von nun an trug sie eine Kurzhaarfrisur und kämmte sich selbst. Ein befreiendes Wendemanöver!

Die nächtlichen Engelsflüge waren bereits seit längerem beendet. Bei dem Versuch, schnelligkeitshalber aus dem Fenster zu fliegen anstatt aus der Haustür, wie gewohnt, stürzte sie ab; die Flügel hielten sie nicht auf, versagten ihr plötzlich den Dienst. Mit einem lauten Schrei saß sie schweißgebadet im Bett. Diese Erfahrung wollte sie nicht noch einmal machen.

Doch die Seele suchte sich ein neues Ventil, Trübes abzulassen. Der Körper half ihr. Sie nässte ein. Das war schrecklich. Unangenehm. Unbegreiflich. Stumm ließ sie die elterlichen Tadel über sich ergehen. Wollte aufpassen. Und immer wieder die Nässe! Ein starker, heißer Strahl strömte nächtlich aus ihr aus, in ihrem Bettquelltopf, schwoll an zum See aus Scham und Unergründlichem, aufgepeitscht durch das Geschimpfe der Eltern. Umstände machte es Mama: das tägliche Neubeziehen des Bettes, die Reinigung der Wäsche und des Leibes ohne Bad, mit Waschlappen und Waschschüssel.

Beim Aufsuchen eines Kinderarztes geschah Seltsames. Er fragte, ob es in der Familie ein Problem gäbe. Mama verneinte. Das Kind starrte sie entsetzt an.

„Ja aber …", stammelte es. Warum gab Mama nicht zu, dass es ewigen Zank zu Hause gab, der den kleinen Körper lähmte? Der Arzt hätte darin den Grund für das Übel gesehen und hätte Mama und Papa auffordern können, aufzuhören. Stattdessen schaute er vielsagend und reichte schließlich eine Schachtel Pillen. „Geben Sie ihr abends eine davon, sie stärkt die Blase und nach einiger

Zeit wird es besser. Vor allem schimpfen Sie sie nicht aus. Sie kann nichts dafür." Das versprach Mama.

Wendelgard fühlte große Erleichterung und Dankbarkeit. Dieser Arzt wollte und konnte ihr helfen. Er wusste mehr als der alte Hausarzt. Die Abendsonne schien durchs Fenster des Sprechzimmers ins geplagte Kinderherz. Er hatte die wahre Ursache erkannt, als er ihr gerötetes, unglückliches Gesicht sah. Beim Blinzeln in das Abendrot verschob sich ihre Augenlinse. Sie sah die Eltern von weiter weg als bisher, entfernt von ihr, mit ihren Fehlern, ihrem jähen Zorn, ihrem Unvermögen, sich zu ändern. Ihr blieb nichts anderes übrig als auszuhalten, mitzutragen. Zum ersten Mal litt sie unter Vertrauensverlust, Gefühlsdistanz. Aber da waren auch Heil und Trost von einem fremden, klugen Menschen: Hilfe von außen in der schlimmen Lage. Zuversicht pflanzte sich wie ein Heilkräutlein ins Köpfchen und kurierte sie allmählich. Die kleine, runde Tablette am Abend war ihr Düngemittel.

Jahrzehnte später wunderte sich einmal der Leiter einer Selbsterfahrungsgruppe über sie. Bei einem Spiel nahm sie die Rolle eines Getreidekorns und wählte einen felsigen Grund als Ackerboden, wuchs aber zu einem mächtigen Halm empor.

„Wie kannst du wachsen ohne Mutterboden?"

Da erschrak sie.

„Was war mit dir?"

Was hatte ihr Kraft gegeben zu wachsen?

Die Oma bezog trotz der armen Zeiten eine Missions-
zeitschrift. Sie war das einzige Journal im Haus. Und wie
erwartete es Wendi! Sie verschlang die Geschichten der
Missionare aus den fernen Ländern mit Gier und Entzü-
cken, enteilte über Horizonte in alle Richtungen des Glo-
bus´, in Urwald und Wüsten, über Flüsse und Meere,
sprach mit den fremden Menschen, betrat ihre Hütten,
spielte mit den schwarzen Kindern, aß die Hirse und teilte
mit ihnen den guten Gott. Kolumbus entdeckte Amerika,
Wendelgard entdeckte in einem schmalen, schwarzweiß-
bebilderten Heft die Welt. Mit den Jahren entwickelten
sich durch diese Lektüre einige ihrer großen Vorlieben:
die Geographie, Ethnologie, Archäologie und Fremdspra-
chen. So verschlang sie auch nahezu alle Bände von
Karl May und fütterte damit ihren Fernhunger. Ihre Klas-
senkameradinnen belustigten sich deswegen. Die
Deutschlehrerin lobte indes ihre guten Aufsätze. Einmal
schaute sie sie so durchdringend an und fragte immer
wieder nach, ob sie d a s ohne Hilfe geschrieben habe.
Nicht zu vergessen, mit diesem Lesestoff nährte sie das
Begehren, Missionar zu werden, vielmehr Missionarin. In
die Welt hinauskommen, hieß das übersetzt für sie. Und
nebenbei noch: auf dem sichersten Weg zu Gott zu ge-

langen, der sie beschenkt hat mit so guten Talenten. Eine andere Vorstellung gab es für das Kind nicht. Als letztendlich, Jahre später, alle Berufsaussichten abgecheckt waren und für die „Mission" zu ihrem Frust nichts zu verwirklichen war, was sie konnte, entschied sie sich - irgendwie auch erleichtert - für den Journalismus. Erleichtert war sie, weil sie begriffen hatte, dass ihre Vorstellung von Mission, der Verkündigung des christlichen Glaubens in fernen Ländern, längst überholt worden war von neuen Zielvorgaben, sie sich wesentlich gewandelt hatte. Vorrangig ging es nun um die Einrichtung von Hilfsprojekten in Entwicklungsländern, um die Unterstützung bei deren Verwirklichung, um den Beistand vor Ort mit Rat und Tat. Um ein tolerantes Zusammenleben mit den Einwohnern. Um ein gelebtes Christsein, nicht um ein gepredigtes. Als Ersatz für ihren nicht geleisteten Sozialdienst unterstützte sie finanziell Frauenselbsthilfeprojekte, eröffnete einen Kindergarten in einem Elendsviertel und ermutigte die blutjunge Kindergärtnerin, indem sie diese monatlich entlohnte. Auf eine luxuriöse Ausstattung ihres Heimes verzichtete sie aus Solidarität mit den Armen.

Weiß Gott, keine schlechte Wahl, das Schreiben. Sie hatte schon als Schülerin kleine Artikel für die Lokalzeitung verfasst, im Auftrag der Schule oder der Pfarrgemeinde, die sie dann nach Erscheinen stolz und freudig auf den Seiten aufstöberte und las, als wären sie gar nicht von ihr geschrieben. Schreiben lag ihr. Der Verleger des Heimatkalenders lobte ihre Artikel und mahnte, sie solle ihr Können ja nicht anderweitig als fürs Schreiben vergeuden.

Das zweite Schuljahr war zu Ende. Wendi hatte solange gebettelt und durfte zu ihrem Onkel in Ferien fahren. In Urlaub fahren war damals noch ein Fremdwort. Es gab nur eine Wahl, zu Mamas Bruder, Onkel Hans, zu reisen. Er wohnte in einem sechzig Kilometer entfernten kleinen Weiler in einer herrlichen Wald- und Wiesengegend, deren Besonderheit es war, dass rote Sandsteinfelsen wie Finger nach oben zeigten, und alte Burgruinen den Verderb durch Macht und Eitelkeit kündeten. Das Bahnhäuschen lag an einer eingleisigen Bahnstrecke ins noch stillere Hinterland. Mit Frau und vier Kindern lebte er dort ein einfaches Leben, tat seinen Dienst als Bahnbeamter, zog ein paar Geißen, Hasen und Hühner und pflanzte Gemüse und Obst im Garten nebenan. In der Nähe schlängelte sich ein lauteres Bächlein durchs Tal, mahlte eine Mühle das Getreide und surrte ein Sägewerk den ganzen Tag seinen schrägen Metallgesang. Eine Idylle wie in den Wimmel-Bilderbüchern, die ihre eigenen Kinder später so bevorzugten.
Dorthin durfte sie fahren. Mit dem Zug. Allein. Das sollte sie abschrecken. Tat es aber nicht. Aller Ängstlichkeit

trotzend. Sie wollte. Raus aus dem Trott. Neues erleben. Gleichwohl zitterte sie mächtig während der Zugfahrt. Krallte ihr Köfferchen. Las die Bahnhofsnamen. Zählte die Stationen mit, bis zur Umsteigestation (Papa hatte sie ihr notiert), wo der Onkel sie erwartete, um sie die letzte Strecke zu begleiten. Dann erst fiel die innere Unruhe von ihr ab und machte einem glücklichen Aufatmen Platz.

Die zwei Wochen vergingen wie im Flug: Sie badeten im Bach, machten Schwimmversuche, tunkten sich, spielten abends im Sägewerk Verstecken, pflückten Heidelbeeren und Pilze im Wald, erkletterten die Burgen, legten kleine Blumenbeete an, schnitten Futter für die Haustiere. Jeden Tag aßen sie Salat mit Kartoffeln, auch Erbsen und gelbe Rüben. An Fleisch erinnert sich Wendelgard nicht. Nur an Spiegeleier. Zum Nachtisch gingen sie zu den Johannisbeeren. So lernte sie in der Ferne Mamas abwechslungsreichere Küche schätzen, in der es - igitt! - keine Geißenmilch gab, vor der sie sich ekelte. Auch waren die Brote immer nur mit Marmelade bestrichen und schienen keine Scheibe Wurst oder Käse zu kennen. Ein bescheidener Haushalt. Aber doch ein freier Tummelplatz für das Stadtkind, wenn auch Kleinstadtkind. Niemand, der Regeln gab, der mahnte oder belehrte aber auch nicht ausgewogen nährte. Wildes Kinderwachsen! Sicher herrlich, eine Zeitlang.

Dann wollte Wendelgard auch wieder heim. Die bessere leibliche Versorgung durch Mama und die geistige durch Papa fehlten ihr. Noch einmal verbrachte sie ihre Ferien beim Onkel im Felsenland und einmal noch an seiner neuen Arbeitsstätte, ebenfalls einem Walddörfchen. Dort spürte sie, dass sie einen weiteren Horizont brauchte. Die Waldhügel um das enge Tal ringsum engten den Blick ein.

Als Erwachsene erging es ihr zweimal genauso. Einmal war sie mit Mann und Töchterchen in einem Alpental und spürte, wie von Tag zu Tag die Eingeschlossenheit darin ihr mehr und mehr die Kehle abschnürte. Unruhe ließ ihr Herz ständig hochhüpfen, um über die Hänge schauen zu können. Ein anderes Mal verließen sie nach einer Nacht schon die Pension in einem Mittelgebirgstal, weil sie es nicht aushielt. Die Wirtin zeigte Verständnis, da es auch schon anderen Gästen so ergangen war. An den Küsten der Meere war sie zu Hause, wenn auch immer nur für kurze Zeit.

Die allerersten Reisen hatte sie allerdings schon viel früher machen müssen. Sie waren furchtbar gewesen. Eigentlich hätten sie ihr die Lust auf Fahrten für immer vergällen können. Dem war glücklicherweise nicht so.

„Wir müssen fort von hier", sagte Mama eines Tages. „Wir werden evakuiert." (Da waren die Kinder vier und fünf.)

„Was ist das?", fragten sie.

„Umziehen, wegen des Krieges. Wir sind hier in Gefahr. Unsere Feinde, die Franzosen und Amerikaner kommen."

„Amerikaner?" Das klang fremd. (Später verband sie damit das runde, zuckervergusste Backwerk.) „Haben wir denn dort eine Wohnung?"

„Ein Zimmer nur."

„Aber ... aber ..."

„Wir kommen ja wieder zurück."

Dass die Franzosen unsere Erzfeinde seien, hatte Wendi oft gehört, von den Eltern und Großeltern. Die müssen sehr bösartig sein, dachte sie, und da muss man halt fort. Obwohl, sind die wirklich so gefährlich? Seit einem Erlebnis auf der Straße an einem kalten Wintertag im Jahr zuvor zweifelte sie daran und behielt es für sich.

Entsetzlich die Fahrt! Mit Wolfgang saß sie auf einem LKW mit fremden Menschen auf Bündeln und Säcken, während Mama in einem Führerhaus woanders saß, weil es ihr übel war. Weil sie Mama nicht sah, war Mama weg. Sie fühlte sich schutzlos und verlassen und schluchzte während der langen Fahrt. Wolfgang tröstete sie so gut er konnte. Er nahm es gelassener. Mama wunderte sich nach der Ankunft, dass sie so ein Theater gemacht hatte.

Von Kriegstraumata hat sie später nie wissen wollen. Noch als Erwachsene fragte Wendelgard ihre Mutter einmal, warum sie so gehandelt hätte.

„Was du immer hast, nach so vielen Jahren fragst du das", antwortete sie aufgebracht.

„Warum hast du uns nicht mitgenommen zu dir?"

„Das ging nicht."

„Ich hatte solche Angst."

„Warum denn?"

„Weil du nicht bei uns warst."

Auf der Heimfahrt, Monate später, nach Kriegsende, registrierte sie vom unbedachten Waggon aus, wie ein Junge bei einem kurzen Zwischenstopp des Zuges die Abfahrt versäumte, die Arme warf und schrie und seine Mutter nichts tun konnte, um den Zug aufzuhalten. Wendi setzte der Herzschlag aus. Alles gute Vertrauen ins Leben, das sie sich bisher, mal leicht, mal mühsam, erworben hatte, stob mit der Bahn davon. (Später erlebte sie einen ähnlich verzweifelten Zustand bei ihrer jüngsten Enkelin Fee mit, als deren Eltern sich trennten.)

Dieses ohnmächtige Ausgesetztsein den Grausamkeiten des Lebens gegenüber hatte sie einige Wochen zuvor schon einmal erfahren, als die feindlichen Bomber über dem Evakuierungsort, dem Wald und Feld, tödliches

Feuerwerk spielten, ihre Familie mit anderen unter Büschen lag und auf die Todesfracht von oben wartete.

„Mama, sterben wir jetzt?"

„O Gott, wir sterben."

„Tut das weh, Mama?"

„Wenn wir gleich tot sind, nicht."

„Hoffentlich sind wir gleich tot."

„Wir beten jetzt: Vater unser …"

„Lieber Gott, mach dass ich gleich tot bin! -
Merken wir, wenn wir tot sind?"

„Sei leise."

Die jungen Blätter über ihrem Kopf wedelten ihr so freundlich zu, neu geschaffen, als kämen sie vom Paradies. Maikäferblätter nannten die Kinder sie, weil ihr Laub diesen wunderschönen Käfern so gut schmeckte, wenn sie es ihnen in die Streichholzschachteln zuschoben. Hingegen hart und kühl war die Erde. Sie konnte sich nicht mit ihr verbünden.

„Zieht eure Füße an, damit sie uns nicht von oben sehen."

Einige Äste hingen über den Wegrand und bedeckten ihre Schuhe, mildtätig. Diese kleinen, gesägten Blätter bildeten einen hellgrünen Streifen und spendeten mehr standhaften Schutz als die menschlichen Stimmen. Wehrhecken.

„Keine Angst, keine Angst!", wisperten sie durch ihre Herzwurzel empor.

Sie wurden nicht getroffen. In der Nähe schlugen Bomben ein. Ein Schimmelhengst wieherte mit archaischen Urlauten und raste mit blutender Flanke über dem Waldweg an ihrem Unterschlupf vorbei. Noch mehr zogen sie die Beine ein, die Knie bogen sie bis zur Brust hoch. Das arme, arme Tier! So schön wie das von Schneewittchens Prinz, und doch vom Tod geritten.

„Mama, leben wir noch?"

„Wir leben noch."

„Ich fühle gar nichts mehr."

„Du kannst dich wieder bewegen, sie sind weggeflogen."

Einmal noch erlebte sie eine schlimme Bahnfahrt, die aber zum guten Ende führte. Mit fünf beantragten die Eltern für sie eine Kinderlandverschickungsmaßnahme bei einer wohltätigen, kirchlichen Institution.

„Du darfst in Erholung."

„Warum?"

„Du bist unterernährt."

„Zu wem komme ich denn?"

„Zu guten Leuten auf dem Land."

„Wo ist das?"

„Überm großen Fluss."

„Aber … ich will nicht weg."

„Wir sind froh, dass wir einen Platz für dich bekommen haben."

„Aber die sind doch fremd."

„Nur am Anfang. Es fahren noch mehr Kinder mit. Ihr werdet begleitet."

„Aber ich habe Angst allein ohne euch. Für wie lange?"

„Mal sehen. - Ich mache dir auch schöne Brote für unterwegs."

„Mit was?"

„Mit Rührei, wie du es gerne magst."

„Und zu trinken?"

„Sirupwasser."

„Waldmeister?"

Widerstand war zwecklos. Man schob sie in den Zug, in neuem Strickjäckchen, setzte sie auf die Holzbank und schaute nach ihr als der Jüngsten. Ihre Körperfunktionen schienen ihr auszusetzen. Sie starb ab, in stummer Pein. Das schöne Brot knabberte sie nur mal an. Trinken sollte sie nicht, da sie sonst aufs Klo müsste. Es zwickte ihr im Gedärme, im Herzen, in der Brust. Nach einer Ewigkeit, Umsteigen eingeschlossen, erreichte sie als letzte ihr Gastgeberdorf, total erschöpft, die Lippen zerbissen, die Augen weinerlich flackernd. Die Begleiterin, eine liebe Frau, verabschiedete sie und überließ sie der fremden

Familie, die sich lauthals über sie unterhielt, fragte und rätselte, wer ihnen da wohl ins Haus geschneit käme. Was für einen komischen Namen sie habe, wurde gelacht. (Wendelgard behielt das gut im Gedächtnis.)

„Magst du Grießschnitten mit Erdbeeren?"

Das mochte sie und weckte sie aus ihrer Verstörung auf.

In der Nacht machte sie in das blütenweißbezogene, kuschelige Bett im Stübchen oben. Man hatte ihr die Toilette nicht gezeigt. Überm Kopfende säuselte der gestickte Engel: Schlafe wohl!

Ob es ihr wie Aschenputtel erginge? Es gab ein Taubenhaus. - Dem war nicht so.

Die Förstersleute erwiesen sich als herzensgute Menschen, die alles taten, um es dem Kinde recht zu machen. Das große Anwesen mit Wiesen, Obstgarten und Scheune lud ein zum Spiel und Abenteuern. Das Viehzeug, die Hasen, Hühner und Gänse wurden Spielgenossen. Sogar bei den Bienenstöcken verlor sie die Scheu. Und die Äpfel erst! Beim Pressen konnte sie kaum erwarten, den frischen Most zu trinken. Manchmal durfte sie sogar in die Dorfschule, da Liesel, die erwachsene Tochter, mit der Lehrerin befreundet war und sie diese ab und zu dort aufsuchte. Obwohl Wendi ja noch nicht eingeschult gewesen war, konnte sie schon mit den Erstklässlern rechnen, Buchstaben sagen und kleine Wörtchen lesen. Die Lehrerin lobte sie, was sie aber wegen der Blicke der anderen Kinder beschämte. Aber das Tollste war, dass die Leute ihr ein paar Mal Eier färbten und sie auf der Wiese versteckten, lange nach Pfingsten, weil das Wendelchen so vom Suchen der Ostereier schwärmte und sie ihr Freude bereiten wollten.

Papa schrieb ihr einmal in sechs Wochen. Da bekam sie Heimweh.

Nachdem sie aus dem überseeischen Ausland zurückgekehrt war, zum Weihnachtsfest versteht sich, war sie nach dem dreitägigen Aufenthalt zu Hause zu ihrem Friedrich in die Großstadt gefahren. Das Wiedersehen verlief glücklich. Im Überschwang der Gefühle hoben beide so sehr ab, dass sie es in seiner Studentenbude nicht mehr aushielten, sondern Weite brauchten. Spontan gingen sie zum Bahnhof, ohne Vorplanung und Ziel. Den nächstbesten Zug bestiegen sie, und der fuhr den Strom hinauf.

„Wir fahren bis zur Endstation!"

„Gut so!"

Gefühle brachen auf, wie man sie nur einmal erleben kann. Freiheit von allem Zwang, zu gemeinsamem Tun, für inniges und wahres Erleben! Dasein ohne Fragen, Zweifel und Angst. Eine Bahnfahrt ins Himmelreich der Liebe! Trotz der Hundskälte draußen. Wendelgard war nicht mal warm genug bekleidet. Sie war in sicherem Glauben, noch von der Tropenhitze zehren zu können.

Auf halbem Wege zum Endpunkt stiegen sie einfach mal aus, legten eine Zwischenstation ein und kauften sich Verlobungsringe, ganz schlichte.

„Wie kann man denn nach Weihnachten Ringe kaufen? Die meisten verloben sich doch an Weihnachten", raunzte der alte Juwelier. „Ich habe kaum noch eine Auswahl."

„Egal. Die tun ′s!"

„Eine Gravur gefällig?"

„Nein, wir bleiben nur eine Nacht."

„Na, wie ihr meint."

Er gab dem Beisammensein nicht lange Dauer. Wie er sich irrte, der schlaue Meister Griesgram. Diese Fahrt hatte einen Bahnsteig angesteuert, der zum Fundament des gemeinsamen Lebens wurde. Die Bahnfahrten hatten meist etwas Gutes gebracht: neue Gefühle, Erkenntnisse und Einsichten.

Fortwährend hoben und senkten die Kriegserlebnisse das Daseinsgefühl. Kaum hatte man gerade wieder eine Stufe der Stabilität errungen, gleich welcher Art, ob materiell oder seelisch, so stürzte man wieder ab und musste sich von neuem mühen und strampeln. Es gab jedoch auch geistiges Klettern empor aus dem Alltagssumpf. Hatte man an dem Baum der Erkenntnis einen starken

Ast erkämpft, gab er Halt und Stütze. So war es auch an jenem Tag im Winter, der schon erwähnt.

Wendi stapfte gegen Mittag zu den Großeltern um die Ecke. Mama hatte die Vierjährige die paar hundert Meter alleine losgeschickt. Die ungepflasterte Straße und der sandige Bürgersteig waren aufgeweicht von Schneenässe. Frösteln ließ die Luft. Der Himmel bleierte, ein paar Krähen krächzten. Ein Bild, wie man es kennt von Winterbeschreibungen, banal und nicht der Rede wert.

Ein Zug von Menschen näherte sich auf der Straße. Männer. Ein Trupp (ein menschliches Rechteck). Das Wort sagte Papa oft. Trupp und Truppenführer waren ihr bekannt, hatten was mit Soldaten zu tun. Also, Soldaten bestimmt. Aber nein! Sie trugen keine Uniform, sondern armselige Lumpenkleider, zerrissen und - die waren ja barfuß! Einige hatten nur einen Schuh an oder Lumpen um die Füße gewickelt. (Papa legte immer großen Wert auf blankgeputzte Stiefel und gebügelte Kniggerbocker.) Sie schleppten sich in unheimlicher Stille ganz, ganz langsam vorwärts durch den dreckigen, kalten Schneematsch. Der Truppenführer, ein Gewehr in der Hand, führte sie an, gelangweilt und missgelaunt.

„Das sind Gefangene", blitzte es in ihr auf, „Menschen aus dem Nachbarland, Franzosen." Zutiefst erschrocken schaute sie hinüber. Da war gar nichts Arges in den grauen Gesichtern. Vielmehr Traurigkeit und Gram in durch Entwürdigung geduckten Augen. Einer merkte auf und verzog ein wenig das Gesicht zu einem zagen Lächeln, aber nur für eine Sekunde. Den Blick gesenkt, sah sie nur noch die wunden, wehen Füße neben sich in Augenhöhe, so klein machte sie sich vor Scham. Es dauerte ihr eine Unendlichkeit, bis sie vorüber waren. Nun traute sie wieder aufzugucken, ihnen nachzuspähen, mit Würgen im Hals und feuchten Augen.

„Diese Männer aus Frankreich, sind die feindlich? Die tun mir leid. Sehen so ... Erzfeinde aus? Glaub ich nicht. Und sie behandeln sie so ... so gemein. Wo es doch so eisig und ungemütlich ist!"

Wie eine Beule war das Feindesdenken aufgeplatzt. Das waren Menschen, die lächeln wie wir, leiden wie wir, lieber in einem warmen Haus säßen, als so einen entsetzlichen Marsch machen zu müssen.

Als die Eltern wieder einmal Kriegsgespräche führten und diesmal ein Volk namens Russen als unsere zu fürchtenden Feinde genannt wurde, sah sie das Bild der geschundenen Franzosen vor sich und zweifelte tief innen im Herzen auch an der russischen Schlechtigkeit.

Wohl fühlte sie sich auf dieser Standfläche, die von den Zweigen der Skepsis umrankt wurde, die, gedüngt von tiefempfundenen Erfahrungen, alte Klischeevorstellungen überwuchernd, eine wohle, grüne Laube formten. Immer wieder verweilte sie hier, immer wieder durch die Lebensjahre hindurch. Hier spürte sie die von der Seherin Hildegard vom Disibodenberg vielgepriesene viriditas als unerschütterliche, kosmische Lebenskraft, „Grünkraft", die auch sie durchfloss und stärkte.

Eine Hainbuche wird ihrer beider Grabesstelle sein. Es hätte auch ein anderer Baum sein können, eine Eiche, ein Ahorn, eine Kastanie. Bäume sind Wendelgards liebste Pflanzen. Vor allem die Mächtigen, die dem Himmel umso viel näher kommen können als alle anderen Lebewesen, außer den Vögeln. Die Wahl ist ohne Absicht geschehen, aus dem momentanen Gefühl, aus der Laune, einer Sympathie zu dem Erscheinungsbild heraus, vielleicht durch eine gleiche Schwingung entschieden. Also, eine Hainbuche mit etwas gekrümmtem Stamm, umgeben von hohen Buchen.

Menschen, die Bäume als mythische Wesen ansehen und ihre Kraft spüren, behaupten, die Hainbuchen entwickelten die vielfältigsten, phantasievollsten „Baumgesichter".

Im Frühling lagert es sich unter ihren Ästen auf Waldveilchen, im Herbst auf Flügelnüssen und Eckern der benachbarten Buchen. Singvögel schwirren geschäftig am nahen Waldrand und ein kleines Fließ geht zu Tal. Einer ihrer Äste weist den Blick in eine Sichtschneise zur kleinen Kapelle des heiligen Antonius von Ägypten hinab, des großen Wüstenvaters.

Der Förster des Friedwalds nimmt sich Zeit und zeigt ihnen verschiedene Plätze. Die hohen, erhabenen Wipfel beeindrucken sie nicht. Sie zieht es weg nach dem „Richtigen". Und dann endlich: ein guter Platz, ein Baum, ihr Baum. Eh´ sie sich versehen, ist ´s entschieden. Ihr Mann scherzt, sie lachen, weilen unter dem Baum, hören die sachlichen Informationen des Fachkundigen: „Die Äste sind bei jungen Bäumen senkrecht orientiert und biegen im Alter in die Horizontale um."

Wunderbar. So ist auch das Wachstum von uns Menschen: hinauf, hinauf, hinauf - und dann, irgendwann, sich mit der Horizontalen begnügen und ausruhen.

Ein Schildchen wird ihre Namen tragen, einen Spruch dazu. Frieder hat sofort einen zur Hand, von einem Kuckuck handelnd. Komisch klingt er beim ersten Hören. Sie muss sich Zeit lassen und ihn ergründen. Beim Nachforschen erfährt sie, dass dieser Vogel in anderen Kulturen als Seelenvogel bezeichnet wird und eine spirituelle Qualität hat.

„Ihr Holz ist sehr hart und schwer, weshalb sie auch Eisenbaum genannt wird. Die Baumheilkunde sagt, sie heile bei Übermüdung und Erschöpfung. Sie reinigt von der Vergangenheit und steht für Neuanfang." Das ist schön zu glauben, sehr schön.

Hainbuchensträucher (den Namen hatte sie später gelernt, als sie nicht mehr Maikäferbüsche sagen wollte) hatten ihnen einst im Krieg das Leben gerettet, wie die kleine Wendi fest glaubte. Eine solche von jener Art hat sich nun angeboten, ihnen einmal den Start ins neue Leben zu öffnen.

Wendeltreppe

Die langen Jahre der Jugend verliefen mit der einzigen Zielangabe: erwachsen werden müssen und wollen, um bald das eigene Leben meistern zu können, in Freiheit und Selbstbestimmung, bei einer erfüllenden Arbeit. In einer festen Beziehung. Im Einzigartigsein etwas schaffen und entdecken. Oh je! Hehre Ziele eines überidealisierten Mädchens.

Wie Dornröschen stach sie sich an der Spindel ihres Traumspinnrades oben im Turmstübchen und schmachtete in ihrem Verlies, eingeschlossen von unerfüllten Sehnsüchten. Oft erfasste sie Schwindel auf der Wendeltreppe aufwärts zu ihrer virtuellen Welt, auf den ausgetretenen Stufen, die hinter der Biegung ihre Zukunft verbargen, folgend dem Wink ihrer geliebten Heiligen- und Dichterfiguren. Dort setzte sie sich und las die alten Klassiker von Liebe und Leid. Seitenweise schrieb sie ihre Seelenlieder auf, die Hefte existieren noch - unglaublich, schrieb die Verse der romantischen Dichter Eichendorff und Novalis ab, lernte die Verse auswendig, verzierte sie mit Ranken. Glücklicherweise gab es offene Scharten im Turm, Ausgucke in die pulsierende Welt. Briefe schickte sie hinaus zu fernen Brieffreunden, auf Englisch und Französisch, in nahe und sehr ferne Länder. Verliebte sich in einen, in alle. Die Mutter öffnete die Briefe und Vater las sie, wenngleich er bei seinen wenigen Englischkenntnissen (er war primär Altsprachler) auch nur wenig verstand. Sie hasste beide, besonders aber die Mutter. Diese wiederum hatte überhaupt kein Einsehen mit der Tochter. Nicht geheuer war sie ihr, nicht praktisch veranlagt, dem Alltag nicht zugewandt, zu intellektuell, groß, besonders die Füße, blond, helläugig. Ihre Kusine, aus dem Waldland, entsprach Mamas Wunschvorstellungen genau: klein, schwarzhaarig und braunäugig, wie sie selbst auch war. Herbei rief sie die Zeit, wo die Tochter aus dem Hause gehen würde. Wie die böse Fee verwünschte sie den Tag, als sie Wendelgard zur „höheren" Schule angemeldet hatte und sprach das auch einmal fluchend aus.

Gegen Ende der Grundschulzeit äußerte das Mädchen der Mutter gegenüber:

„Ich möchte zum Gymnasium."

„Das geht nicht. Wolfgang durfte auch nicht, weil Papa arbeitslos war."

„Aber jetzt hat er eine Arbeit in Aussicht. (Ausgerechnet bei der französischen Garnison in der Stadt, bei den Erzfeinden!) Dann geht es."

„Die Schule kostet monatlich Geld."

„Aber es gibt Ermäßigung, wenn man gut ist."

„Wer sagt das?"

„Meine Lehrerin. Ich soll gehen, sagt sie."

„Die hat gut reden."

„Andere, die viel doofer sind, gehen auch."

„Hm."

„Ich will zum Gymnasium. Wann meldet ihr mich an? Diese Woche sind die Termine."

„Papa sagt nein."

„Das ist gemein. Wo er doch selber Abitur gemacht hat."

„Wolfgang geht ja auch nicht."

„Das ist mir egal."

„Er ist ein Junge und hätte eher gehen müssen als du."

„Quatsch! Hat er denn auch so gewollt wie ich?"

„Er hat es hingenommen."

„Aber ich nehm es nicht hin."

„Was willst du denn machen?"

„Ich weigere mich, weiter in die alte Schule zu gehen. Ich schwänze sie jeden Tag."

„Das traust du dich nicht."

„Doch. Ich will zum Gymnasium. Ich will Sprachen lernen und alles andere, was man auf dem Gymnasium lernen kann, Geographie, Deutsch, Kunst, Religion."

Eine Woche später:

„Meine Lehrerin sagt, du sollst morgen früh einmal zu

ihr in die Schule kommen."

„Die Anmeldungszeiten sind vorbei."

„Geh zur Schule, bitte Mama, bitte!"

Wendelgard weinte den ganzen Tag und aß nichts. Zum ersten Mal musste sie für sich etwas erkämpfen. Das Gefühl brannte sich in ihr wie Feuer ein. Weh tat es, aber - stärkte auch gleichzeitig, auf eine ihr unbekannte Weise.

„Ich will aber, ich will, ich will." Es flossen keine Tränen mehr.

Mama ging zur Lehrerin. Tags darauf verkündete sie:

„Heute gehe ich mit dir zum Gymnasium."

„Wirklich?"

„Damit du deine Ruhe hast und ich auch."

„Hat Papa ja gesagt?"

„Ich hab's ihm nicht gesagt."

„Ooh! Und wenn er böse wird?"

„Dann wird er halt. Ich tu es jetzt."

„Danke, Mama. Das vergess' ich dir nie."

Beim Abendessen teilte die Mutter dem Vater mit:

„Ich habe heute Wendi am Gymnasium angemeldet."

„Ida, duuu? Unsre Wendeline? - Ging das denn noch?"

„Die Lehrerin reicht die Noten nach. War alles kein Problem. Was sagst du?"

„Ja, gut. Was hat dich denn so plötzlich dazu bewogen?"

„Ich will, dass du nicht allein der Schlaue hier in der Familie bist. Sollst ein bisschen Konkurrenz bekommen."

Die Mutter war eine Frau der raschen, „unorthodoxen" Tat. (Den Ausdruck gebrauchte ihr Mann immer für ihr Handeln in bestimmten Situationen, die ihn zur Weißglut aufheizten.) Wendelgard achtete sie an diesem Tag wie sonst nie mehr. Ganz gleich, was dieses fremde Wort auch heißen mochte.

Während der Pubertät jedoch bereute Mama ihre Entschlussfreudigkeit von damals. Das war unerklärlich. Viele Jahre begriff das Mädchen nicht, was ihre Mutter sich von dieser Entscheidung erhofft hatte, abgesehen davon, es ihrem Mann einmal gezeigt zu haben.

„Wenn ich das alles gewusst hätte, wäre ich niemals hierhergekommen", räsonierte die alte Mutter.

„Wenn du was gewusst hättest?"

„Alles."

Ihre Mutter hatte vor ein paar Tagen ihr Haus, das sie nach dem Tod der Eltern geerbt hatte und in das sie mit ihrer Familie nach mehrjährigem Wohnen in einer Mietwohnung wieder eingezogen war, verlassen. Als Neunundachtzigjährige.

„Einen alten Baum verpflanzt man nicht", kommentierten alle, die es erfuhren.

Es war ihr freier Entschluss gewesen. Ein Altenheim kam für sie nicht in Frage. Zu ihren beiden Kindern wollte sie nicht. Früh schon hatte sie sich geschworen, von ihren Kindern nie einzufordern, was die eigene kränkelnde Mutter ihr zugemutet hatte: dreißig Jahre lang Pflege. Bereitschaft zum Umzug trat ein, als Wendelgard ihr eine Wohnung in der Nähe ihres eigenen Hauses, also fern der Heimat, zu mieten vorschlug. Wolfgang war damit einverstanden gewesen.

„Die Wohnung ist in Ordnung. Aber alles andere!"

„Was denn?"

„Alles. Das darf ich aber nicht sagen, wenn ich Bekannte anrufe. Die sind nur schadenfroh. Ich sage ihnen, es gefällt mir."

„Liegt es an mir?"

Schweigen.

„Ich habe mich bemüht, mit der ganzen Familie, es dir recht zu machen."

Sie hatte mit Friedrich die zähen Verhandlungen mit dem Besitzer geführt und die Zimmer gestrichen. Der Mann der Enkelin hatte den Fußboden gelegt und die Küche montiert, Wendel geputzt und eingekauft. Die Urenkel hatten viele Sächlein die Treppe hochgetragen.

Auch der Umzug aus dem südlichen Bundesland war von allen organisiert und getätigt worden. Nur die Lieblingsenkelin hielt sich zurück, da sie ihr drittes Kind erwartete. Von ihr hatte die alte Frau sich den größten Beistand erhofft. Ausgerechnet von ihr war nun keine allzu große Hilfe zu erwarten.

„Ja, ja, es ist gut, aber die vielen Worte, die du machst. Mir tut der Hals schon weh vom Antworten."

„Du hast so lange allein gelebt, Mama."

Knistern.

„Und die Treppe! Ich kann doch nicht mehr gut die Stufen hochlaufen. Mit meinen Knien."

„Das wusstest du aber. Trotzdem hast du den Umstand akzeptiert."

„Ich hätte einmal vorher kommen sollen, um mir alles anzusehen. Dann wäre ich zu Hause geblieben."

„Du wolltest nicht zu mir."

„Solange ich lebe, will ich mein eigener, freier Herr sein."

„Ist ja richtig so. – Du kannst ja auch noch einigermaßen gehen."

„Wer weiß, was morgen ist."

„Es finden sich immer Lösungen."

Mit heruntergeklapptem Kinn stierte die Mutter vor sich hin. Unheilvolle Blitze zuckten ihr durchs Gesicht, das wegen der Heftigkeit ihres Missmuts rot anschwoll.

Wendelgard, selbst schon in den Sechzigern und von Bandscheibenschmerzen geplagt, drückte auf einmal ihren wehen Rücken gerade durch und meinte salopp, ob sie denn nach tagelangem Nörgeln und Lamentieren nicht auch mal ein positives Wort fände. Schnauben und Gebrüll folgten, begleitet von arg verletzenden Schimpftiraden. Völlig verdutzt durch die aggressive Entladung schwieg die Tochter. Der matriarchalische Vulkan war wieder ausgebrochen, vehement, schleuderte seine Wutbrocken hinaus, verbrannte mit der brodelnden Hasslava den guten Boden unter ihren Füßen und zwang sie zur Flucht. Die Gewalt der bösen Energie traf sie wie früher oft und machte ihre Hoffnung auf ein spätes Miteinanderauskommen zunichte.

Das hohe Alter hatte nichts gemäßigt, nichts gemildert, nichts vergessen und vergeben lassen. Wundgräben aus der Jugendzeit rissen auf. Blühende Wild - und Kulturblumen ihrer Erwachsenen-Dekaden versanken darin. Dicker Staub bedeckte ihre Herzenslandschaft und ließ die Kehle ersticken.

Ins Bad stürzte sie und scheuerte und scheuerte die vielen verknasteten Utensilien. Ein altes, fleckiges Gebiss lag da in einem Döschen. Sie schüttelte sich und wollte es wegwerfen, hielt aber im letzten Moment doch inne. Es grinste sie an, herausfordernd frech, unverschämt all die gemeinen Wortströme, die aus dem Muttermund geflossen waren, verkörpernd. Muttermund. Aus ihrem Mutterschoßmund war sie geboren. Wurde geboren, weil der Vater sich ein zweites Kind gewünscht hatte. Der Muttermund war gut. Gewiss. Gewiss. Ja, ganz gewiss. Muttermünder schenken Leben, immer unschuldiges Leben, und das mit Schmerzen. Das heiligt sie. Der andre Muttermund entheiligte so oft, vulgärte so unglaublich. Die beiden Muttermünder waren sich so weit entfernt geblieben, sind sich nicht nah genug gekommen, sind nicht eins geworden in der langen Beziehung. Noch bliebe Zeit.

Vielleicht gehörte das Gebiss dem Vater, der vor vier Jahren verstorben war. Mutter hob es auf, aus Gleichgültigkeit vielleicht, oder - wusste gar nicht mehr davon. Von Kleinigkeiten voll waren die Schubladen, von Unrat, Verrostetem, Unnötigem, auch manchem noch Brauchbarem.

„Kann ich Papas Gebiss wegwerfen?"

„Was? Das ist mein Ersatzgebiss!! Das brauche ich, wenn mein Jetziges kaputt geht."

(Zum Lachen. Du kannst nicht mal ein paar Tage ohne deine spitzen Beißer sein!) Die Komik hatte Oberhand gewonnen. Zornesblick und Anschwellen der Stimme der Mutter stoppten die Heiterkeit im Keime.

„Wirf's ja nicht weg! Du kannst es ja ins Wasser legen. Du mit deiner Putzsucht!"

„Ja, gut, es ist nämlich schmutzig."

„Schmutzig? Es ist alt. Bei mir ist nichts dreckig."

Der Stein des Anstoßes glitt ins Wasser, während die Alte noch maulte. Als er versank, wurde der gescholtenen Tochter wohl. Da lagen die Zähne, entrissen der Luft, gewässert, den scharfen Umriss los, hilflos und stumm im klaren Element. Die eigenen Zähne, stark und bissfest, spürte sie im Mund (der Marder in ihr horchte auf), und sie gab sich absurden Empfindungen hin.

„Warte, ich werde dir die Zähne zeigen", sprach sie ins Glas, „m e i n e Zähne. Du hast mich rausgefordert, ich lasse mich drauf ein, auf deinen Kampf. Ich lass nicht zu, dass deine Bisse mich kaputt machen. Wozu habe ich viele Methoden geübt, die mir helfen, gesammelt zu bleiben, wachsam und achtsam bei mir? Auf das Wagnis, mit meiner alten Mutter doch noch auszukommen, habe ich gebaut. Wehren muss ich mich, aus reinem Selbsterhaltungstrieb. Demut ist momentan nicht angesagt."

Am nächsten Morgen betrat sie die sonnendurchflutete Etage. Die Betagte hieß sie die Vorhänge zuzuziehen, da sie das Licht nicht vertrüge. Wie lange hatte sie mit runtergelassenen Rollläden gehaust, der Helligkeit entwöhnt. Einiges war zu verrichten. Schnell ging es von der Hand. Im Sessel saß die Streitbare und guckte zu, erhob sich auch zuweilen, fasste kurz mit an, nahm wieder Platz und gab sich ihren Mutmaßungen hin, wie das alles enden würde und wie sie wieder der Misere, der neuen Wohnung - an sich schön, aber eben unpassend - , der nervenden Tochter, den durch die schwangere Enkelin zerstörten Erwartungen entkommen könne.

Nach getaner Arbeit setzte sich Wendelgard und kündigte ihr an, noch etwas besprechen zu wollen. Überrascht schaute die Weißhaarige auf und hörte. Irgendein Ton in der Mitteilung machte sie neugierig. Während die Tochter sprach, unterbrach sie diese nicht.

„Gestern hast du mich beleidigt, wie du es in meiner Pubertät oft getan hast. Ich nehme das nicht mehr hin. Ich weiß nicht, wie es um deine Gefühle zu mir steht. Jedoch lasse ich mich nicht mehr so beschimpfen und verlange von dir Respekt. Achtung, die man auch fremden Personen schenkt. Ich erwarte einen würdevollen Umgang von dir. Auch ich will mich darum bemühen. Solltest du das nicht wollen und können, kannst du nicht mehr mit meiner Hilfe rechnen und musst dich nach anderen Helfern umsehen." (Ja, Marderzähne können alte Seile kappen.)

Die Greisin blieb ruhig, plapperte etwas von … du bist verrückt, das hab ich früher schon gemerkt, brachte einige diffuse Ausreden hervor, schaute ihre Tochter immer wieder erstaunt an und entschuldigte sich endlich für die unflätigen Entgleisungen. Wendel fühlte, dass es ihr -

zumindest im Moment - ernst war, nahm erleichtert an und verabschiedete sich.

Die folgenden Tage verliefen undramatisch. Bei jedem täglichen Besuch spritzten zwar einige schweflige Geysirsäulchen für Sekunden hoch, zerstoben aber außer der Reichweite der Tochter. Ihr Vorstoß hatte anscheinend, einem Erdrutsch gleich, etwas frei gelegt, was in der alten Frau verschüttet worden war: das Gefühl für Würde, sie zu geben und zu empfangen, das Empfinden, ernst und wichtig genommen zu werden, noch nicht entmündigt zu werden, etwas zugetraut und zugemutet zu bekommen, mit gereinigten Zähnen kundtun zu können, was auf dem Herzen lag.

Für einige Tage schwebte Wendelgard auf einem weißen Wölkchen und schaute stolz herab auf die Leitersprossen, die sie mit übermäßiger Anstrengung gerade erklommen hatte. (Das leise Keifen des Marders am Fuße der Leiter vernahm sie nicht.)

Die Julihitze ist groß. Auch die Gewitter bringen keine Abkühlung. Im Haus herrscht angenehme Kühle. Wohnzimmer und Terrasse liegen nach Norden. Ein Segen im Sommer. Normalerweise verträgt sie heißes Klima gut. Jetzt aber quält sie eine Infektion und die Arznei zehrt an den Kräften. Diesmal scheint die Hitze die Heilung zu verhindern. Sie liegt viel auf dem Sofa. Kocht ein wenig, isst ein wenig, schreibt ein wenig. Trinkt sehr viel. Gießt die Kübelpflanzen, vor allem das durstige, blaue Männertreu in der Hängeampel, die rosa Petunien und winterharten jetzt aber sommerweichen, weißen Geranien. Frieder spannt die Sonnenschirme auf und schließt sie, wenn schwarze Wolken aufziehen. Legt die Sitzpolster auf und wieder weg. Mechanische Handlungen im Alltag.

In der Frühe fahren sie zu ihrem Lieblingspark vor der Stadt, um sich ein bisschen die lahmen Füße zu vertreten. Der Boden dampft von den Regengüssen in der lauten Donner-Nacht, das Laub riecht kräftigherb. Den gewohnten Pfad überdachen die sattgetrunkenen Blattkronen der vielfältigen Bäume: Stieleichen, Ahorne, Eschen, Akazien und Buchen. Im hinteren Abschnitt sticheln hohe Lärchen den azurnen Himmelsvorhang mit wunderschönen Mustern, weben auch braune Zapfenkugeln ein.

War da doch schon eine kleine Kinderschar unterwegs, eine Geburtstagsgesellschaft!

„Da ist sie ja! Da ist sie ja! Da ist sie ja", begrüßen sie die große Elefantenbuche mit ihrem weit ausladenden Rüssel-Ast. „Papa, heb uns rauf, wir wollen reiten."

„Ja, ja. Aber fallt nicht runter. Die Rinde ist schon bröckelig und ein Stück vom Holz auch."

„Der hält uns doch aus?"

„Ja, ja."

Auf den Rundgang verzichten sie und nehmen den Schattenweg zweimal, um den Sonnenweg zu meiden. Bei den Lärchen lehnen sie sich an einen dicken Stamm. Es ist, als löse sich die Dumpfheit von Wendelgards Kopf, besonders von den Augen. Gestochen klar fällt ihr Blick auf die Weide, in deren Zentrum drei braune Pferde, Leib an Leib, um einander herumtänzeln. Ein Stillleben, das ihr ein Ereignis von einst vergegenwärtigt:

Sie wollten in die Berge reiten. Rebecca, ihre Bekannte, hatte zwar keine Reitvorkenntnisse wie Wendy (ihren Jahresurlaub hatte diese einmal dem Reitsport geopfert), stellte sich aber dennoch gut an, wie etliche kleine Ausritte gezeigt hatten. Roger, ein Freund des Besitzers des Landguts, auf dem sie Urlaub machten, spielte den Führer. Der Stallknecht sattelte auf, Proviant war schnell besorgt und - los!

Durch den Urwald im Süden des Kontinents zu reiten, richtete den Körper auf und ließ ihn sich beugen, zog den Geist empor und lehrte die Seele Erhabenheit und Ehrfurcht in einem zu spüren. Graugrüne Riesen säumten den schmalen Pfad; umklammert von Flechten, Moosen und rotblühenden Lianen, suchten sie sich dennoch mit starken Armen zu befreien. Manchmal verschwand der Pfad unter abgestorbenen Stämmen in wild wucherndem Buschwerk. Die Pferde fanden den Weg, strauchelten schon einmal auf nassem, rutschigem Gestein. Sich ihnen zu überlassen war hier das Gebot. Sie waren hier einer mit der Umgebung. Anderthalb Stunden Ritt in völliger Einsamkeit, begleitet von dem Geräusch der Vögel und dem Geknarre des Holzes, dem Flüstern der Feen und Elfen. Man hätte „Herr der Ringe" daselbst drehen können. Wäre ein End daher gepoltert gekommen, sie hätten sich nicht gewundert. Hier war alles möglich, in diesem Kraftreservoir unberührter Natur.

Der kleine See oben lag an einem schmalen, flachen Landstrich, der von jungen Bäumen und Hecken durchzogen war. Sie bildeten ein Labyrinth. Und eh´ sie sich versahen, stoben sie hindurch und spielten - Fangen. Wie auf wilder, verwegener Jagd galoppierten die Stalltiere los, zügellos, befreit von den Tücken des Aufstiegs. In ungebremster Power preschten sie durchs Astwerk, rissen die Reiterinnen und den Reiter mit sich im Jagdtaumel, verschmolzen miteinander zu einem Kraftbündel und meisterten den Parcours durch die urwüchsigen Hürden ohne Blessuren, in animalischer Lust. Lediglich ein paar blonde Strähnen von Wendelgard blieben an einem Aste hängen und Rebecca verlor einen Schuh. Die Ruhe danach am fischreichen Gewässer war reiner Ausfluss von erlebter, sinnlicher Ekstase.

Drei tänzelnde Pferdeleiber: Erinnerung an kraftvolle Jugend, an Triebhaftigkeit und greifbare Lebensfreude.

Solche Erfahrungen speicherte sie gerne und zehrte davon in schwachen Momenten. Sie stärkten die Bereitschaft, in späteren heiklen Situationen auf ihre potentiellen Kräfte zu vertrauen und sie gegebenenfalls abzurufen.

Ein paar Wochen danach machte sie in einem anderen Land Zwischenstation auf dem Flug nach Hause, wollte ein, zwei Tage in der Hauptstadt verbringen und musste durch den Zoll. In ihrem Handgepäck, einer Sporttasche, hatte sie, gut in Papier verstaut, billige Töpferware aus einem Eingeborenendorf. Keramik mochte sie gern, einige Stücke davon wollte sie verschenken.

„Was ist darin?"

„Keramik."

„Packen Sie aus!"

Sie wickelte einen Kerzenständer aus.

„Alles auspacken!"

„Dios mio, warum das? Das ging doch alles schon durch einen Zoll, ohne Beanstandungen."

„Sind das Ausgrabungen?"

„Nein. Das ist einfache Keramik, wird tausendfach so hergestellt, nach alten Mustern."

„Bringen Sie das alles in ein Museum?"

„No, no, Señores! Das ist für mich privat. Ist alles mehr von ideellem Wert."

„Entweder Sie zahlen oder wir konfiszieren alles."

Wen nahm ein Stück, eine Vase, wickelte sie aus dem Packpapier, hob sie hoch und ließ sie auf den Boden fallen. Klirrrr! Verbal sich mäßigend, den Zorn über die korrupten Zollbeamten unterdrückend, nahm sie ruhig das nächste Stück, eine Schüssel. Klatsch, die Scherben mehrten sich. Beim dritten Stück schrie einer:

„Stop! Packen Sie alles wieder ein und hauen Sie ab! Loca gringa!"

Bei ihrer Fluggesellschaft beschwerte sie sich sogleich und erhielt als Entschuldigung eine Riesenkiste feuerroter Anthurien. Seitdem sind ihr Anthurien wie Furien, unsympathisch halt. Dass diese bei der Ankunft in der Heimat sofort sibirischer Kälte ausgesetzt waren und demzufolge mir nichts dir nichts erfroren, tat ihr nicht leid. Hoch damit und gezielt in den Mülleimer! Der Karton knisterte nach. Auch fand sie, sähen sie in manchen Wohnzimmern, zu Dritt in einer hohen Vase drapiert, lächerlich aus. Dabei schwärmten die deutschen Frauen in jener Epoche so davon.

Runder Altersgeburtstag! Wieder eine Zehnerstufe geschafft. Zahlenmäßig. Ob sich qualitativ etwas geändert hat, darüber will sie nachsinnen. Die Frage bohrt, ob es eigentlich immer noch voran ginge mit dem Sammeln von Erfahrungen, oder ob es abwärts ginge; das hieße, welche zu verlieren oder nicht mehr zu berücksichtigen, und sich auszuruhen auf den Lorbeeren oder den Niederlagen.

Hüterin des Wandels war in ihrem Namen eingraviert für alle Lebenszeit. Dem musste sie gerecht werden. Dies war Sinn ihres Daseins. Im Übrigen war sie sich nicht sicher, ob sie ihren Namen (sie begegnete niemals einer zweiten Wendelgard, die sie hätte fragen können) richtig interpretierte. Selbstverständlich hatte sie nach dem Ursprung gefragt. Aus dem Althochdeutschen stammend, bedeuten „wend" Wende oder Vandale und „gard" Zaun und Schutz. Schützerin war ihr angenehm, aber Vandale! Der Begriff Vandalismus ist negativ besetzt. Nachdem sie sich in Geschichtsbüchern informiert hatte, ward sie erleichtert eines Besseren belehrt.

Die Charakterisierung dieses Volkes als zerstörerisch, brutal und grausam stimme nicht, sei historisch und sachlich unkorrekt. Auf der Flucht vor den Hunnen aus dem Osten fliehend, hatten sie sich wahrhaft tapfer durch halb Europa geschlagen, sich mit anderen Stämmen verbunden, fremde Kulturen unterworfen, sie nicht ausgemerzt, sondern integriert. Für sie persönlich zusammengefasst, heißt das: Die Wenden hatten ihre ursprüngliche Daseinsweise gewandelt. Herausragend König Geiserich unter den Führern. Vielleicht lebte eine Wendelgard an seinem Hofe als Hüterin wendischen Brauchtums, alter

Mythen und Riten. Der Phantasie waren keine Grenzen gesetzt. Gleichwohl, Wendelgard bevorzugte ihre eigene Deutung des Namens, den der Vater bestimmt hatte, weil ihm Mutters Favorit „Monnika" nicht gefiel. Auch „Wendel" gefiel ihr, wie Frieder sie zeitweilig rief. „Eine schraubenförmige Wicklung eines Lampenglühdrahtes," so die Erklärung. Der Glühdraht in ihr glühte, immer.

Da sie am Festtag der Heilkundigen von Bingen getauft worden war, freute es sie, dass wenigstens die zweite Hälfte des Namens „Hildegard" in ihrem Namen mit enthalten war. Ob in Gottes Hand ein anderer für sie eingeschrieben war? Zuweilen lauschte sie nach innen, hörte aber immer nur ihren eigenen.

Einen Nachmittagskaffee will sie für mehrere Frauen geben, zwei Tage nach dem Geburtstagsdatum. Am Tage selbst wünscht sie sich einen Ausflug mit Friede zu machen. Töchter und Enkel sind in Ferien gefahren, und somit muss ein gemeinsames Fest auf später verschoben werden. Obwohl, leicht fällt ihr dies nicht. Sie verficht den Standpunkt, Geburtstage am selben Tag zu feiern. Die andern in der Familie spüren den Reiz, die Ausstrahlung, die Dichte nicht so wie sie und zucken mit den Schultern, wenn sie das ausspricht, und nehmen keine Rücksicht. Selbstverständlich achtete sie auf die Ehrentage ihrer Eltern und übriger Verwandter.

Mit den Frauen ist sie schon lange Zeit befreundet oder gut bekannt. Bis auf eine, die sie erst seit kurzem kennen gelernt hat, in einem Sprachseminar für Senioren. Während ihrer Kursexkursion nach Santiago de Compostela - aus kulturellen Gründen, nicht aus wallfahrerischen -, schlief sie mit ihr in einem Zimmer, und das war Grund genug, sich befreundet zu wähnen. Übersteht man eine solch intime Zeit in Harmonie, darf frau sich Freundin nennen. (Es kommt einer Mutprobe gleich, die nach Gelingen zusammenschmiedet.) Mit drei weiteren Frauen hatte sie übrigens auch schon auf Reisen einen Raum geteilt. Zwei verhielten sich seltsam: Die eine zog sich nur im Bad aus, die andere tat das unter der Bettdecke, was eine ungeheure Lachsalve bei ihr auslöste. Heute noch bricht in ihr bei der Erinnerung daran große Heiterkeit aus.

Verwöhnen möchte sie die Damen mit selbstgebackenem Kuchen. Vielmehr mit Torten. Wenn schon, denn schon! Zunächst dachte sie, welche zu bestellen bei einer Hofbäuerin, die ihr schon einmal einen herrlichen Käsekuchen geliefert hatte. Anfordern liegt ja im Trend. Selber backen ist out. Früher hatte sie so gerne fette Sahnekreationen fabriziert. Sogar die aufwendigen Prinzregententorten für Luz. Das legte sich, als die Lehren von gesunder Ernährung auch bei ihnen zu Hause einzogen und sich breit und sie selbst schlanker machen sollten.

„Aber bitte mit Sahne!"

Sie liebt dieses Chanson. Es deckt gnadenlos die Gaumensehnsüchte nach Weichem, Süßem, Köstlichem auf, dem sie ganz und gar nicht abhold ist. In süßer Sahne könnte sie baden. Nun natürlich nicht mehr, wegen ihrer Leberwerte. Diszipliniert kommt sie dem Gebot der Enthaltsamkeit nach - zuallermeist. Aber ein geselliger „Kaffeeklatsch" (sie hat für derlei regelmäßig abgehaltene Sitzungen nichts übrig und nimmt auch nirgends teil) aus besonderem Anlass war erlaubt.

Ihre Mutter backte immer, soweit sie zurückdenken kann, wunderbare Kuchen und Torten, ungeachtet der Kalorien. Sogar in der Evakuierungszeit schlug sie einmal einen Rührkuchen (Gott weiß, woher sie die Zutaten ergattert hatte), und nachdem die beiden Geschwister in ihrer kurzen Abwesenheit die ganze Schüssel mit der gelben Eier-Butter-Zucker-Masse ausgeschleckt hatten, schlug sie den Kochlöffel ins Leere, denn die beiden sprangen schneller über die Betten als sie. Mit süßen Leckereien verwöhnte Mama die Familie, weil sie andere süße Möglichkeiten, wie Zärtlichkeiten durch Worte oder Berührungen zu schenken, nicht kannte. In der Spätsommerzeit backte sie Apfelkuchen in allen Variationen, mit Apfelschnitten, mit Apfelmus auf Hefeboden, mit Riemchen und Streuseln, gedeckt und ungedeckt, egal wie, aber zum „Reinsetzen", was Wendi auch wirklich aus

Unachtsamkeit einmal tat, zum ausgelassenen Gelächter aller - die Hungerzeit war gerade im Abklingen. Zum Abkühlen lag der heiße Blechkuchen auf einem Stuhl, da der Küchentisch noch von Zutaten und Backutensilien zugestellt war.

Vanillecremetorten, Schokocreme-, Nuss- und Quarksahnetorten! O je, die Wörter zergehen einem schon auf der Zunge. Geschweige denn später die Inhalte!

Aus dem riesigen Internetangebot druckt sie sich eine Liste von zehn Favoriten aus, wählt das Obst dazu aus, Sommerobst wie Stachelbeeren, Johannisbeeren (Beeren müssen sein, ist sie doch im Monat der reifenden Beeren geboren), Aprikosen, Pfirsiche und Zwetschgen. Frieder rät ihr zur Bestellung, ihren Eifer vorausahnend und auch den Stress, wenn es nicht perfekt läuft.

„Hat dich die Skepsis wieder am Wickel?", fragt sie ihn.

„Du willst immer alles super machen, aber die Tücken der Realität!"

Sein Einwand lähmt ihr Engagement.

„Wenn ich es bedenke, hast du vielleicht recht. Ich übernehme mich."

„Man isst auch nicht mehr so viel Kuchen wie früher."

„Das stimmt. Keiner will mehr dick werden. Aber so dröge Backobjekte, kalorienarm und mauerblümchenhaft. Das ist mir zu frugal. Der Tisch soll darstellen, saftiges,

reiches, Leben. Soll Sinnbild sein für meine Lebensfülle.
Dazu Blumen, Kerzen und schönes Gedeck."

„Mach, wie du denkst."

Ein Gedicht fällt ihr nach kurzem Suchen in ihrer
Schublade, wo alle ihre gedichteten Werke verstaut sind,
in die Hände. In einer südlichen Landschaft hatte sie es
geschrieben, während eines Urlaubs. Es existiert eine
Mappe von Versen. Dunkel erinnert sie sich, dass es von
einem süßen Ess-Genuss handelt. Und nun, da sie sich
mit Tortenbacken abquälen möchte, will sie es lesen,
sehen, wie sie sich nach Friedrichs Zweifelsäußerungen
doch noch mal motivieren kann. Von Tiramisu schieb sie.
Vergleichbar lukullische Speise!

Terra-mi-su
Erden aufgeschichtet
im kupfernen Becken.
Alle zugleich zu verkosten,
schaffen die Künste der Donna.

Lecke und schmecke zunächst
kakaoroten Staub mit den Lippen,
zärtlich und leicht
umhüllt die Zunge er fein.
Weich lässt `s sich senken

auf creme-weiß sahnigen Matten

und angenehm schlucken.

Betörende Süße.

Niemals ersatte!

Durchdrungen danach

das gelbe Gebrösel

zum Feuchtgrund hinab.

Den Mokkalikör geschlürfet zum Schluss,

kitzelt der Gaumen im Lustgenuss.

D a s hatte sie mal geschrieben. Ziemlich schwülstig. Erotisch. Sie war etwas über vierzig gewesen und hatte anscheinend damals ihre heißeste Sexphase. Tiramisu-Orgasmus!

Beschwörte sie sich durch die Lust auf Torten diese Lust wieder herauf? Mit dem Alibiwunsch, Torten backen zu wollen? Aus nostalgischen Empfindungen heraus?

„Ist man achtsam bei den kleinsten Dingen, beschert es einem die größten Einsichten." Der Beschluss stand fest: die fettesten, schönsten, süßesten Torten bei der Bäuerin zu bestellen.

Insgeheim traf noch ein anderer Grund zu, warum sie das Backen lieber lassen sollte. Sie hatte den verflixten Trieb in sich, vom Rezept abzuweichen, plötzlich abzuschwenken, einem kuriosen Einfall zu folgen, eine Zutat wegzulassen oder eine neue dazuzumogeln, aus Neugier, was sie da kreieren würde - nicht immer zum schmackhafteren Endergebnis führend. Es passierte ihr so oft, dass Frieder mit der Zeit richtig ungehalten darüber wurde, wo er doch sonst ein Muster an Toleranz war. Für den Anlass ein Risiko einzugehen wäre töricht. Schade, Törin sein hat was Befreiendes, sprengt die spießigen Zwangsjacken der bürgerlichen Hausfrau. Ihre Nerven aber raten, auf Frieder zu hören, vernünftig zu sein.

Dunkel erinnert sie sich, dass ihre Mutter Ähnliches getan hatte, und der Vater sehr wütend war und sie ausschimpfte - ohne großen Erfolg. Die Versuchung, den Vorschriften ein Schnippchen zu schlagen, nahm hie und da auch bei ihr die Oberhand.

Eigenartig, etwas von Mamas Eigenschaften an sich selber zu entdecken. Wenngleich Wendel für sich immer in Bausch und Bogen abgestritten hatte, etwas von Mamas Charakter geerbt zu haben, so beobachtete sie diese Erkenntnis in letzter Zeit mit Erstaunen und Nachdenklichkeit.

Gestern machten sie mit einer Wandergruppe einen Ausflug in ein Heidegebiet. Bei bulliger Hitze stapften sie durch eine herrliche Landschaft, teils auf Holzstegen, teils auf Sandwegen. Vor Austrocknung geschützt durch

Sommerhüte (auch Wendelgard!) und Wasserflaschen. Senioren, die sich schon morgens körperlich ertüchtigen konnten, keiner beruflichen Arbeit mehr nachgehen mussten. Frieder hatte sich gesträubt, wie er meistens solcherlei Gruppenveranstaltungen mied. Um ihr einen Gefallen zu tun, war er dann doch bereit, startete ziemlich miesepetrig reserviert, taute in der angenehmen Gesellschaft auf und fand es am Ende erholsam. Die grünen Heideflächen mit dem Busch- und Baumwerk reizten zu einem erneuten Besuch einen Monat später. Welches Bild, wenn sie in Blüte stehen werden! Wie mochte sie das Kraut beim Onkel im Felsenland! Mama liebte es auch und sang, was selten vorkam, ziepig: „Auf der Heide blüht ein kleines Blümelein…" Wenn Papa es hörte, tönte er mit. Sein Tenor war kräftig und klangvoll.

Ach, Mama! Wie oft hatte diese Wendelgard gekränkt! In ihrer Jugend, ihrem Erwachsenenalter, und am schlimmsten in ihrem eigenen Alter. Im Grunde war ihre Beziehungsentwicklung im Jugendstadium stecken geblieben und erst in sehr späten Tagen gereift.

Die Mutter hatte sich nach dem resoluten Auftreten der Tochter in ihrer neuen Wohnung scheinbar beruhigt, weigerte sich aber Pflegedienste anzunehmen und zum Seniorentisch im Nachbarhaus zu gehen. Stattdessen kreuzte sie täglich um die Mittagszeit bei Wendel auf, unabgesprochen, verbohrt. Da sie keine Schlüssel annehmen wollte, ließen sie die Hoftür offen. Manchmal musste die alte Frau auf der Terrasse warten, bis jemand kam, geduldete sich auf der Hollywood-Schaukel, auch bei Nässe. Die Stadt sei ihr zu hässlich und unattraktiv. Die Leute sprächen so blöd und unverständlich. Das Essen schmeckte nicht. Die Läden seien so dörflich. Alles sei beschissen, auch das Klima. Alles sei zum Davonlaufen…

„Ich möchte mal wieder ein paar Tage nach Hause, Urlaub machen", kündigte die Mutter ganz freundlich an. „Mein Haus gehört mir ja noch, ich kann da wohnen. Habe mit Frank (Wolfgangs Sohn), telefoniert. Er holt mich mit dem Auto ab. Den Koffer habe ich schon gepackt. Übermorgen kommt er."

„Aber, Mama! Du hast doch kaum Möbel da."

„Mir wird 's reichen. Ich komme schon zurecht."

„Bist du sicher, dass das gut geht?"

„Du mit deinen Fragen. Ich bin nicht in Demenz. Kann mich doch noch selbst versorgen. Macht euch um mich keine Sorgen. Nach drei Wochen bin ich wieder da."

„Wenn du meinst … Mama, warum nimmst du deine Winterjacke mit??? Es ist Sommer."

„Mir kann doch mal kalt werden."

„Schon, aber … wenn du meinst."

Sie kam nicht mehr. Blieb einfach weg, kehrte allen und allem den Rücken.

Wendelgard war vor den Kopf gestoßen. Alle Nuancen von negativen Gefühlen sausten durch ihre Nervenbahnen, durch Hirn und Herz, durch Leber und Nieren, klumpten sich endlich wie ein dicker Kropf in ihrer Kehle zusammen und raubten ihr die Worte.

Grässlich, widerwärtig und biestig war die Mutter. Undankbar dazu. Über die Dreistigkeit ihrer alten Großmutter und Urgroßmutter amüsierte sich jedoch die Jugend. Die Tochter weinte Zornestränen über den Verrat. Frieder maulte wegen der vielen Arbeiten, die sie alle unnötigerweise geleistet hatten.

Wiederum wurden einige Möbelstücke zurücktransportiert, auf die meisten verzichtete die Mutter. Wen blieb zu Hause, so stark war ihr Grimm. Wolfgang erledigte die Bürokratie, wollte sich von nun an um alle Belange kümmern. Er informierte die Schwester telefonisch über die Vorgänge. Auch über die bösen mütterlichen Schimpfkanonaden, welche aus der Ferne über die Tochter danieder prasselten. Die Alte steigerte ihre Abneigung soweit, dass sie die Tochter per schriftlicher Erklärung von ihrer Beerdigung in spe ausschließen wollte.

Es klingelt. Vor der Tür steht die kleine Fee.

„Hallo, mein Schätzchen, komm rein."

Wendelgard freut sich, ihre Enkelin zu sehen.

„Ist Opa auch da?"

„Ja, er ist im Arbeitszimmer."

Fee begrüßt ihn. Dann will sie spielen.

„Spielen wir Märchen-Quartett oder Tier- Memory?", fragt die Omi.

„Memory. Ich hol die Schachtel. (Ein Mitbringsel aus dem Nachbarland.) Aber wir spielen „unser" Spiel!"

„Aha, du willst Spaß haben."

Sie legen die Kärtchen mit den Tierabbildungen und deren französischen Namen auf einen Stoß, ziehen abwechselnd und legen sie auf. Fee nennt die Bezeichnung auf Deutsch und etliche auch auf Französisch.

„Die Katze", sagt Fee, „le chat."

„Wer ist heute die Katze?"

„Die Mia."

„Soso, hat sie dich geärgert?"

„Ja. Sie kratzt auch, manchmal." Und das Kind kichert. „Du bist dran, Omi."

„Die Ziege, la chèvre. Das bin ich." Sie verlachen sich und meckern.

„Le cochon, das Schwein. Das ist …" Fee zögert, etwas verschämt.

„Wer ist heute mal das Schwein? Na?"

„Luc ist das cochon. Er hat mich geboxt." Und beide prusten vor Lachen: „Cochon, cochon, grunz, grunz."

„La vache, die Kuh. Das ist heute die Uroma Ida."

„Aber Omi! Nein!"

„Doch. Ist sie. Wir dürfen scherzen. Es ist ein Spiel."

„Der Schmetterling, le papillon. Das bin ich", strahlt Fee.

„Du willst immer der papillon sein, nicht wahr. Warum?"

„Der ist so schön." (Oh, Kind, du wählst dir die Verwandlung!)

Nachdem die ganze Verwandtschaft und Freundschaft einem Tier zugeordnet ist, beenden sie ihr Spiel, fröhlich und aufgeheitert vom vielen, überbordenden Jux. Wendelgard verabschiedet den kleinen Falter.

Leere, große Leere breitete sich nach und nach in Wendelgard aus. Verstummt war irgendwann alles Gefühl. Tot jegliche Regung. Ein See von unendlicher, teeriger Traurigkeit schwappte über ihre Füße, bedeckte die hellen Bodenfliesen, auf denen sie stand. Der Himmel senkte sich als undurchdringliche, schwarze Masse herunter. Hörbar war nur die totale Stille, ohne Vogellaut und Windeswehen. Schmerz lähmte das Blut. Ein Vorspiel zum Weltenuntergang, auf dessen Bühne sie alleine stand. Ausgesetzt den stummen, dunklen Elementen. Nur das Wasser, das aus ihrer kranken Seele rann, wärmte sie inwendig ein wenig.

Ein schlammverspritzter Kleinwagen hüpfte vom Sand-weg, der unterhalb des Friedhofhanges auf der Talsohle entlangführte, ab auf einen ausgetrampelten Wiesenpfad. Dieser schlängelte sich zu einem abseits des Ortes gelegenen Kirchlein. Es schwamm wie ein kleiner Rettungs-dampfer im Nebelmeer. Ungefähr achtzig Menschen standen schon am Bug. Sie hatten ihre Häuser verlas-sen, um am Ostermorgen ihre schiffbrüchigen Hoffnun-gen hier neu zu sammeln und zu kitten. Glockenklänge des altehrwürdigen Heiligtums aus dem elften Jahrhun-dert durchdrangen das Grau und zogen im Dunstkreis der Sonne dünne Bahnen für die ersten Strahlen. Rings-um husteten die rauen Berge die letzten feuchtkühlen Atemschwaden aus, um den Heilsdampf, vom Zentrum warm und segenverheißungsvoll ausströmend, zu inha-lieren.

Das Tempo beschleunigend, holperte der Fahrer noch fester auf und ab. Über Maul- und Vorwurfshügel, die ihm blinde Erdenwesen aufgehäufelt hatten. Vor Erreichen des Schiffes inszenierte er einen Hochschneller, trat un-verhofft auf die Bremsen, dass das Vehikel quietschend zum Stehen kam. Nachdem er noch einmal intensiv an seiner Zigarette gesaugt hatte, schnappte er seine schwarze Lederaktentasche, öffnete die Autotür und sprang spritzig heraus. Von Gestalt klein und stämmig, federte der schon betagte Mann auf die Wartenden zu.

Den Glimmstängel auf den Boden schmetternd, die vom Laster befreite Hand hebend, tönte es laut und freudig: „Buona Pasquua!" (Frohe Ostern!)

Eine in Warte-Erregung zappelnde Alte trat ihm entgegen, zeigte ihm tadelnd den Finger, murmelte, er sei sooo spät und erwiderte erst dann seinen Gruß. Sie auf die Wangen küssend, meinte er:

„Donna Emilia, ich bin pünktlich: 10.30 Uhr! Warum seid Ihr noch nicht drin?"

„Aber die Kirche ist doch zu! Ihr habt doch den Schlüssel, Don Elpidio!"

Nun musste er seiner Hoffnung, der Schlüssel fände sich rasch, den Weg ebnen durch die grüßende, küssende und tätschelnde Christenmenge. Dankbares Blubbern begleitete die Hand, der es in dem Ostergrußgetümmel gelang, den Schlüssel aus irgendeiner seiner Taschen zu angeln. Behutsam schob er ihn ins Schloss der niedrigen, schmalen Tür (die Geburtskirche in Betlehem war wohl Vorbild gewesen) und drehte um. Leicht gebückt, passierte er als erster die Luke, um drinnen einen jeden Gast willkommen zu heißen und sich nebenbei des guten Besuchs der Oster-Kreuz-Fahrt zu vergewissern. Während sich der einschiffige, schlichte, romanische Raum füllte, bewegte sich Elpidio - aber immer noch grüßend - mehr und mehr zurück in den Chorraum und tauschte dort seine schwarzgraubraune - oder war es blaue - Jacke gegen die Liturgie-Robe, die Stützkorsage der Gottesdiener in der Welt. So wohlwollend ihm die Leute begegnet waren als dem Vater ihrer Dreihundert-Seelen-Gemeinde, so gleichgültig verhielten sie sich von dem Moment an, als er am Altar priesterlich die Texte ablas. Eintönig, emotionslos. Es schien, als habe er mit den Kleidern auch die Gewänder seiner Lebensgefühle gewechselt: die seiner existentiellen, positiven Leichtigkeit gegen diejenigen, welche seine schwer zu erfüllende, geistliche Aufgabe bekleideten. Das golden gewirkte Tuch spannte noch über seiner mutig aufgeblähten Brust. Noch nagte die Furcht nicht - wie eine Schiffsratte - an seinem Hoffnungsvorrat. Jedoch, es schwand die Sicherheit.

Spürte jemand die Wehmut bei seiner Vorahnung, die heiligen Worte zerschellten an den alten, schlecht verputzten, klobigen Steinen, dem Gebetsriff der Gläubigen? Oder prallten sie vielleicht nur ab, um danach sanft in den Herzbuchten der Menschen zu landen?

Aufwind trug ihn empor, die Fahne der morgenroten Hoffnungsgöttin Spes zu hissen, seiner Galionsfigur, für die er sein Leben lang in See gestochen war. Die Erinnerung an sein eigenhändiges Zupacken beim Instandsetzen dieser Klause beruhigte ihn. Dem Gemäuer, ihren Nischen war er zugetan. Ehrlich gestand er sich auch die baulichen Verpfuschtheiten im Zuge laienhaften Vorgehens ein. Doch, er war Elpidio. Hoffnungsträger! Glücklich, wer einen solchen Namen von seinen Eltern bekommen hatte! Elpidio: Vom schwebenden Teppich der Phantasie herunterspringen, beflügelt einherschreiten zu Taten. Heiß gespornt Zuversicht ausstrahlen und andere anstecken, irgendwie, mithilfe des feurigen Heiligen Geistes: Das war sein Lebensprogramm.

Am Lesepult war er nur Sprachrohr, vertraute auf die Kraft der aufgeschriebenen Worte. Sollten sie es doch schaffen, durch die im nahen Gesundheitszentrum trainierten Bodymuskeln zu dringen, - ein schöner Flecken übrigens, er füllte sich da öfter mal Thermalwasser ab. Sollte doch die Auferstehungsbotschaft durch Designerhemden stoßen. Vorbei an beringten Ohrläppchen ins Innenohr rauschen. Durch die neuen Osterschühchen in die Energiezentren des Körpers fließen. Auch den öden Vorhang vor den Augen der Alten und Abgearbeiteten durchlöchern. Sollte sie! Sein Blick wurde kurz und konzentrierte sich auf die rituelle Handlung des Kultvollstreckers.

Zum Gloria hatten endlich alle ihren Platz gefunden. Die Formierung war abgeschlossen. Das Gruppenbild mit Priester ablichtbar. Vorne, in den ersten zwei Bänkchen, für je drei Personen ausreichend, knieten die Aktivistinnen der Kirche, die älteren Frauen. Dahinter wellte und wogte das bunte Gemisch der Familien. Hinten saßen die alten „Matrosen". Weil es so wenig waren, teilten sie mit

Wendelgard, Frieder und drei anderen Urlaubern den spärlichen Sitzplatz. Auf dem Mitteldeck, im Gang, flanierte die Jugend: Mädchen, Jungen, dicht gestapelt wie Ladegut auf einem knirschenden Frachtboot, hin- und hergerüttelt von den Erschütterungen des Zeitwinds und den Turbu-Lenzen ihrer Gefühle, weggeschubst von Nebenbuhlern, aufgefangen von Schwestern, immer wieder aufgerichtet von Elpidios Hoffnungsflagge und fest gezurrt von der Vorfreude, den Gottesdienst auf engstem Spielraum bald heil überstanden zu haben.

Die Predigt rieselte wie Frühlingsregen warm und reichlich auf die Gotteskinder. Sie rekelten, berührten sich, schwankten auf weißen Winterbeinen, klimperten den Schlaf aus Disko-Abend-Augen, streckten sich nach Wärme, küssten sich mit grünen Mündern. Dazwischen auch ein Amselnest voll junger Brut, schnäbelnd, schwatzend, Flüggewerden übend. Von Adam und Eva sprach der Priester, kein Wunder, dass das Paradiesgefühle weckte. Von Jesu Tod und Auferstehen aus dem Grab. Von der Ostersonne, die mittlerweile verstohlen durchs einzige bescheidene Schmuckfenster geglitten war. Von der Ostergnade, die alles überall wachsen und werden lässt. Von seinem eigenen Vertrauen, dass...

„Schluss, Don Elpidio! Aus!" Abrupt ausgestoppt! Von den Frauen linker Seite. Sie waren aufgestanden und beendeten mit einem geharnischten Zuruf „Genug!" den fünfzehnminütigen Wortschwall. Elpidio beugte sich unmissverständlich der wegschleudernden Handbewegung. „Amen", schnurrte er und leierte sofort die Kanongebete an. Ohne Lied - nicht einmal das obligatorische Oster-Alleluja stimmte er an -, ohne Orgelklang, ohne Friedensgruß stürmte der so grob Gemaßregelte durch den zweiten Abschnitt dieses gottgeweihten Meeres „Santa Mesa", das nochmalige Auftauchen der schaurigen Muränen fürchtend. Nach dem letzten „So sei es" löste er sich vom Opfertisch, an dem er sich selbst mit geopfert hatte. Doch s e i n e Auferstehung folgte schnell. Vergnügte Blitze sprühten seine Äuglein wieder, als er laut „Buona Pasquua" posaunte. Behände entledigte er sich seines Messkleids und, - war wieder ganz Elpidio im Anzug. Auf Fußspitzen wippend, verkündete er stolz, fast ein bisschen hoffärtig, er habe das kostbare mittelalterliche Wandbild rechter Seite „Die Versuchung Jesu in der Wüste" eigenhändig (besser eigenprankig, er hatte große Hände) restauriert und just zu Ostern beendet. Ob er in seinem Hoffen so töricht war, im beiläufigen Nicken seiner Gemeinde beim Hinausducken ins Freie Anerkennung zu entdecken?

Nach ein paar Worten an die fremden Gäste eilte er plötzlich zur Tür, drängte die blinden Passagiere hinaus, schloss ab und stob in seinem Wagen fort nach Hause, nur dreihundert Meter vom Kirchlein entfernt. Zigarette rauchend, fröhlich. Wie schon seit vielen Jahren bereitete ihm Angela den Osterlammbraten.

Der Nebel hatte sich gelichtet und lag nur noch oben wie der Haarkranz um den kahlgeschorenen Schädel des alten Eremitenberges.

Die Beziehung zur Mutter war gänzlich abgeschnitten. Nicht mal telefonisch konnte sie die Beleidigte erreichen, da sie keinen Anschluss mehr wollte. Wolfgang informierte über die Geschehnisse. Er regte sich maßlos über den mütterlichen Starrsinn und die enorme Verbissenheit auf, konnte aber nichts Vorteilhafteres bewirken. Sie verweigerte jeglichen Komfort und wies Hilfe ab.

Monat um Monat verging und Wendelgard suchte nach Wegen, nicht in eine Depression zu fallen. Die Vorstellung, ihre Mutter könnte plötzlich sterben, ohne sich mit ihr versöhnt zu haben, machte sie ruhelos. Das durfte nicht passieren. In den Erinnerungen kramte sie nach Hinweisen von eigenem Verschulden.

Sie rekapitulierte einige Szenenspiele, die sie mit den Teilnehmerinnen eines Urlaubskurses gespielt hatte. Es kamen oft Mütter vor; selber hatte sie nie eine solche Rolle übernommen. Einmal spielte sie zusammen mit einer anderen Frau „zwei Töchter". Bei dem Nachgespräch beklagten sie sich über die lieblose Behandlung der „Mutter". Die Frau in der Mutterrolle wehrte sich, schlug mit Argumenten nur so um sich und meinte schließlich, sie habe ja auch von den „Töchtern" kein Jota Liebe bekommen.

Hatte sie ihrer Mutter Liebe gezeigt? Als Kind ja. Aber danach? Heiß pochte die Frage, fraß sich durch die Kruste ihres Gewissens, rutschte ganz tief in es hinein und brodelte da im Bodenschlamm.

Ihren Garten hinterm Haus - ca. 120 qm groß und damit klein - hatten sie selbst angelegt. Die vorherigen Besitzer hatten in ihm wohl eher eine Müllgrube gesehen, hatten dort Bauschutt, Maschinenteile, Fahrräder und sonstigen Abfall entsorgt, darüber eine dünne Erddecke geworfen und Rasen gepflanzt. An den hinteren Eckpunkten wuchsen eine Tanne und eine Fichte. Als sie mit Freundeshilfe den ganzen Mist ausgegraben und beseitigt hatten, unter Mühen und Schweiß, lag der Garten tiefer. Nach Aufschüttung von Muttererde blieb immer noch ein Gefälle, sodass zwei Stufen vom Hof aus hinunter gelegt werden mussten. Wendelgard plante mit Frieder ein Rondell in der Mitte und davon ableitend fünf Pfade: eine Sonne mit Sonnenstrahlen als Zentrum.

Die Rundung wurde mit Buchszweiglein umpflanzt, ebenso drei Beetränder. Mit den Jahren entstanden zwei kräftige, hohe Buchsringe, wobei der Äußere zu einem

Viertel zum Hauptweg hin geöffnet war. Bei nur einem Schnitt jährlich war der Hochwuchs die botanische Folge. Die beiden Kreise sind so auffällig, dass sie jedem Besucher zuerst in die Augen stechen, dann aber die Sehnerven mit ihrer nuancenreich grünen Sattheit beruhigen. Das Rosenstämmchen in der Mitte gedeiht aufs Beste, ebenso die Gruppe der Lavendel- und Salbeibüsche. Nachteilig ist jedoch, dass beim Rundgehen zwischen den beiden Buchsrädern die Beine das Strauchwerk streifen und die Kleidung meist feucht oder nass wird, mit Ausnahme in trockenheißen Wetterperioden. In das hintere Garteneckchen kann Wendel nicht mehr ungehindert gelangen, auch wenn ihr weißer, bequemer Lehnstuhl auf hellem Kiesboden sie dahin zum Lesen, Schauen, Träumen oder Sprechen mit den Pflanzen lockt. Würzig atmet dort die Feldcalendula aus Assisi und vermehrt sich bescheiden. Eine Rose klettert geruchlos aber sonnig golden an der Zaunwand hoch, und Sichtschutz zum Nachbargarten spendet ein stattlich alter Rhododendron.

Dort lauscht sie dem kleinen Quell in dem vorderen Steinbeet und den Amseln in der Tanne, die sie im Gegensatz zur kranken Fichte erhalten hatten. Von der diagonal entgegengesetzten Ecke leuchten die Blaublüten eines Hibiskusstrauches herüber, dessen Gruß sie immer fröhlich erwidert. Geboren wurde diese Buschfreude vor

Jahren in einem fernen, „wunderschönen Garten mit Hibiskus".

Wendel und ihre Freundin Stella verabredeten mit fünf weiteren Freundinnen und zum Teil noch „unbekannten Bekannten" einen Frauenurlaub in einem Ferienhaus am Meer, an einer opalfarbenen Küste. Angereist waren sie beide mit dem Auto; die übrigen kamen mit dem Zug, einige Stunden später. Laut Werbung sollte es viel versprechende Ferien werden:

„B.-Plage, am Horizont ihrer Freizeiten". Oder hieß es „Freiheiten"?

Sie standen vor einem großen Würfelzuckerhaus, zweihundert Meter vom Strand, mit dem schwarzen Namenszug „Alexandre" an der Frontseite. Einladend. Mit einer Fahrradkette war das weiße, niedrige Hoftor verschlossen. Gleißende Julisonne brannte. Von der Hüterin des Hauses und Miturlauberin Danielle keine Spur. Plötzlich ein kläffendes Boxermaul über dem weißen Einfahrtszaun.

Ein Cerberus, Distanz schaffend. Darauf der Einfall vieler Hunde zu ihrem Salut: Schäferhund mit Pudelburschen vom gegenüberliegenden Anwesen „Silence", Grauhaardackel mit Bronchitis vom Nachbarhäuschen „Mon amour'" und Pekinesen-Dämchen auf mehreren Balkonen. Nach späterer Überprüfung auch ein großer, schwarzer Hund aus einer Seitenstraße neben dem Gasflaschenhändler.

„Rue de Bell": „Bienvenues, Belles, Belles!"

Sie schärften ihren Blick und drangen damit durchs offene Rundfensterchen im Erdgeschoß, erspähten eine weißverkleckste Leiter und schlossen auf Malerarbeiten im Haus. Getuschel. Standen sie vor dem falschen Gebäude? Die Hausnummer stimmte.

„Hallo!" Hundeantwort. Mehrstimmig.

„Halloo!" Zu zweit. Nichts.

„Danielle! Dani - el – le!" Kleines Geräusch von drinnen. Meeresrauschen von Westen.

Da erschien in blauweißgesprenkelter Handwerkerrinnennenlatzhose die zarte Gestalt der Vestalin. Der Kopf war von einem fahlgrünen Tuch umhüllt, aus dem über der Stirn eine breite, weiße Haarsträhne hervorquoll. Die Wangen röteten sich hübsch und der Mund flötete:

„Ich bin Danielle. Seid ihr 's?"

„Wir sind 's."

„Schon da?"

„Wieso schon? Wir hatten fünf Stunden Autofahrt."

„Ja, dann kommt doch rein. Wir haben euch später erwartet."

„Entfern doch bitte Schloss und Hund!"

Das liebe Tier wurde im Hof in ihr Auto gesperrt. Mit genügend Luftzufuhr natürlich. Es bellte nicht mehr und schaute traurig dumm. Kein Mitleid, vorerst jedenfalls.

„B. - Hunde - Plage!" Die anderen Köter heulten immer noch, frech, ausdauernd.

Währenddessen plätscherten Danielles Sätze wie Süßwasserfällchen die Eingangstreppe hinunter:

„Wir sind noch nicht fertig, wir mussten noch streichen, zwei Damen, Touristinnen, haben die Tapeten in den Zimmern heruntergerissen - nicht zu fassen! -, wir konnten es so nicht lassen, wir sind in maximal drei Stunden soweit, dass ihr einziehen könnt. Eine Dusche geht aber schon."

Sie schützte ihr Gesicht vor dem hellen Tageslicht, entschwebte durch einen Spalt in den Hauseingang, der voller Hausratslosigkeit gestellt war, von da in den Malersalon und verlor sich dort, hinter Möbelkanten und -schluchten auf der Opernbühne ihrer Illusion.

„Wer ist eigentlich wir?"

Knistern im Kulissenraum. Was nun? Stella, Sternzeichen Zwilling, stand unschlüssig zwischen Auto und Türschwelle. Löwin Wendy zog Nahkampf vor. Pirschte in den Salon. Gewahrte kurzes Auftauchen eines Malerpinsels mit behaarter Männerhand hinter einem Mauervorsprung und sichtete sekundenschnell einen männlichen Kopf, maskenhaft bleich, mit tiefen Persönlichkeitsfalten um den Mund, ein sehr vages „Bonjour" murmelnd. Und das Phantom löste sich wieder auf. - Die Spannung stieg.

„Bonjour, Monsieur!", erwiderte Wendy laut und deutlich.

„Sing, mein Engel, sing!", raunte es hinter einem Ohrensessel hervor. „Sing, mon ange!"

Danielle stimmte eine Arie an, in deren Verlauf ihre Stimme vor schützender Verehrung immer höher flirrte, einfach sopranissamahaft:

„Das ist César. Er ist hier geboren. Es (das Haus) gehört ihm. Er liebt es. Es ist voller Geschichten. Er, - es ist phantastisch. Er renoviert es. Schon Jahre lang. Ich helfe ihm. Unsere Familien sind befreundet. Ich war als Kind schon hier."

Beschwörend, mit dem Wischlappen über eine antike Kommode gleitend:

„Er ist toll! Er schafft es! Es wird ein Schmuckstück!" Ihre Stimme zersprang. Irgendwoher hüstelte der Göttliche. In Danielles Gesicht spannten sich die Wangenmuskeln straffer.

„Überhaupt, geht doch mal fort, zum Strand, ins Terrassencafe´, zum Meer, trinkt einen espresso!! Unsere Küche ist noch nicht ganz … geht fort, lasst uns allein!"

Keine Wirkung ihres hypnotisierenden Imperativs auf die beiden Angereisten. Sie blickten stumm in hartnäckigem Verharren.

„Oder - ein neuer genialischer Blitz der Primadonna - geht doch in unseren wunderschönen Garten (sie registrierte einen ersten Schimmer von Reaktion bei den Banausinnen und eiferte weiter) mit Hibiskus (französisch ausgesprochen: ibisküs).“

Garten! Oh! Ibiscüs! Ah! Hier gibt es einen Garten. Ein Paradiesgärtlein! Ein Cüsschen für Danielle! Ein Licht geht auf im staub'gen Haus. Ein Hi -bis- kus, blaublühend gewiss, mächtig im Laub. Wahrscheinlich krönt er den Garten mit seiner vollen Blütenpracht. Adieu Farbenbeizgestank, Staubwolkenäther, hinaus ins Grüne!

„Wo ist denn der Garten?“

„Um die Ecke hinterm Haus.“

„Wooo?“

„Hier!“

„Daas?“

Hagel von Enttäuschung und Wut schauerte auf ihre blaue Hoffnungsblüten, gerade zart erblüht und schon zerschlagen. Eine Dünenglatze mit Strandhaferausfall wölbte sich um sie herum bis zu einer Mauer, vor der sich breit und hoch ein Haufen Unrat und Schutt stapelte. Zwei Wäscheleinenstangen schwankten träg und steifbeinig hin und her. In einem Winkel Hundekot. Pfui Deiwel!

„Hibiskus? W o i s t der I-bis-cüs? Du versprachst uns doch ...“

Danielle, laut und sehr barsch:

„Das ist doch der H u n d" (explosives Zischen wurde vernehmbar). „Césars Töchter haben ihn so genannt. Weiß nicht, wieso. Ist halt so. (Ein Blumennamen für 'nen Boxer!) Aber Cesar will eine Bauernhortensie pflanzen..."

„Schweig, halt ein, Verblendete. Lass uns in Ruh und geh schon!"

Tags darauf still entflohen das Phantom. Mit Hund. Danielle zwei Tage später, folgend seinem Ruf. Frauenurlaub wurde wunderschön.

Die Komik jener Gartensituation verebbte nie. Ein Sprühregen unbändiger Frohlaune spritzte seitdem aus einer jeden blauen Blüte vom Hibiskus. In einem Vers verarbeitete Wendelgard ihre Abneigung gegen den Boxer und schloss Frieden:

Fort Hibiskus!

Ibiskuh.

Von wegen Küss.

Küss Susis Schnüss!

Hunde-Biss.

Ab ins Auto!

Schiss.

Ibi, Hibi!

Schluss. Hieb und Schuss.

Busch-Ibis.

Muss, muss, muss.

Hübsch brav, Ibiscüs,
Blüte, schöne, du.
Hier, ein Biskuit!
Und tschüs!

Es kann nicht angehen, dass sie dies erholsame Örtchen nicht mehr betreten kann wegen zweier zu üppig wachsender Buchsring-Anlagen, denkt sie. Mit wachem, hellem Blick trifft sie eines Mittags die Entscheidung: Der innere Kreis muss weichen. Warum war sie bloß noch nicht früher darauf gekommen? Vor ihrem Auge malt sich das Bild des neuen Zentrums. Das Rosenbeet könnte so bleiben. Die Backsteineinfassung wäre wieder sichtbar als Abgrenzung. Vielleicht bestände noch Platz für einige kleine Niedrigstauden. In jedem Fall wäre das Umgehen bequemer und angenehmer.

Gedacht, getan. Innerhalb einer Woche erledigen Frieder und Wendel die nötigen Arbeiten in ihrem Garten, wobei er den zweifelsohne härteren Teil tätigt. Die großen Buchs-Büsche mit den langen Wurzeln aus der harten Krume auszugraben ist Knochenarbeit. In Wassereimern verwahren sie sie, um Freunde damit zu beglücken. Fünf hohe, schmale Blumenkübel bepflanzen sie für sich selbst. Entlang der Garage aufgestellt, begrünen sie aufs

Wehmütigste die alte, fleckige Wand. Kein Wedel, auch nicht einer soll verloren gehen. Dafür hatten sie sich so lange zum Wachsen angestrengt. Mit Braunellen und einer weißtonigen Amphore füllen sie das Rundbeet auf. Vielleicht ein Anziehungspunkt für die niedlichen, kleinen Heckenbraunellen, die im Hof im riesigen Calycanthus (ein solcher Weinröschen-Busch wuchs einst an der Außenmauer von Großelterns Haus) nisteten und nun fluglustig sind. Reizvoll: prunilla, als Name für Vogel und Blume. Solche Besonderheiten liebt sie und freut sich über ihre Entdeckung.

„Sieht gut aus", meint Frieder.

Auf einem Trödelmarkt ersteht sie bei einem Antiquar einen Bildband in Hochformat über das Schloss Chambord an der Loire. Die Abbildung einer Treppe auf dem Frontdeckel zog sie magnetisch an. Frieder interessiert sich auch, schaut das Buch mit ihr an und sie vertiefen sich in die Bauweise. Fürwahr eine imposante Konstruktion!

König Franz I wollte mit diesem architektonischen Prunkbau seiner Vorstellung von einem glanzvollen Reich Ausdruck verleihen. Die Gestaltung folgte der Beschreibung des Johannes in der Geheimen Offenbarung, nach der in der Endzeit die neue Stadt Jerusalem vom Himmel auf die Erde herabkäme. Eine grandiose Treppe sollte den massiven Unterbau (die unterirdische und die irdische Welt) mit der überirdischen Welt, gipfelnd in der Laterne als Christus, verbinden. Diese doppelläufige Wendeltreppe, Helixtreppe, windet sich schraubenförmig um einen Wendelstein durch mehrere Etagen. Gebannt betrachtet Wendelgard die Fotos.

Welche Möglichkeiten die Zweiarmigkeit der Treppe bietet! Man kann hinauflaufen und sieht dabei die abfallenden Stufen, man geht abwärts und erblickt zugleich die aufsteigenden. Pausieren kann man auf einer Etage, sich wieder einschleusen, weiter steigen, wieder hinab ... Das Hinuntergehen bekommt plötzlich eine andere Qualität. Gleichberechtigt behauptet sich das Abwärts neben dem Hinauf, eine für Wendelgard ungeheuer spannende Erkenntnis. Ein Spiel mit den beiden vertikalen Richtungen drängt sich geradezu auf.

Sich erinnernd an des Bruders Skandierschritt damals in der Kindheit, lacht sie und sinniert vor sich hin:

Wen-del wan-delt ge-wandt
die Wen-del-trep-pe hin-auf,
wen-det
und wir-belt wen-dig die Wen-del-trep-pe hin-ab,
weilt am Wendelstein und winkt.

An Ort und Stelle muss sie, möglichst bald, ausprobieren, was diese Treppe mit ihr macht.

Wie konnte es mit ihrer Mutter weitergehen? Was könnte sie an Hemmnissen beseitigen, um noch ein stress- und leidfreies Miteinander zu schaffen? Der kurze, angemeldete Besuch, sechs Monate nach dem Weggang der Mutter, in ihrer Behausung war zunächst gänzlich demotivierend. Sie zeigte so demonstrativ ihre Ablehnung, ja ihren Hass, dass sie sich beide - Friede war mitgekommen - nach noch nicht mal einer Stunde wieder verabschiedeten. Wendelgard aber war es gelungen, ruhig, ohne Widerspruch und Gegenfragen alle giftigen Auswürfe zu ertragen. So tat sie, als sei es in Ordnung, bombardiert zu werden und reagierte sachlich und verhalten liebenswürdig. Auf die Frage, ob sie die Mutter noch einmal besuchen dürften, gab diese keine Antwort.

Beim Stöbern in einer Buchhandlung fiel ihr ein Büchlein aus Tibet in die Finger: „Den Tod verstehen", ein Auszug aus dem Tibetischen Buch vom Leben und Sterben. Das Zitat auf dem Klappentext „Es gibt keinen größeren Akt der Barmherzigkeit, als einem Menschen dabei zu helfen, auf gute Art zu sterben" fasste genau das zusammen, womit sie sich beschäftigte, was ihr größter Wunsch war: mit der Mutter bis zu ihrem Sterben gut auszukommen. Nach nichts anderem trachtete ihr Sinn. Die noch verbleibende Zeit musste sie nutzen, um mit ihr ins Reine zu kommen Mit etlichen Formen der Meditation vertraut, begann sie sofort mit der Übung der bedingungslosen Liebe, versetzte sich in ihre alte, einsame, verbitterte Mutter und fand heraus, dass diese sich wahrscheinlich ein Leben lang nichts sehnlicher gewünscht hatte, als angenommen und geliebt zu werden.

Sie ging deren Lebensstationen durch: ihr ungünstiges Geburtsdatum, der 22. Dezember, an dem sie nie etwas geschenkt bekam, weil ja Weihnachten vor der Tür stand, die Kindheit mit ihrer immer kränkelnden Mutter, die den jüngeren Bruder vorzog, die entbehrungsreichen Jahre des ersten Weltkriegs, die schwere Arbeit in einer Weberei als junges Mädchen, die Heirat mit einem gebildeten, cholerischen, dominanten Mann, der Zweite Weltkrieg mit zwei Evakuierungen und zwei Schwangerschaften, die schwere Kriegsverletzung ihres Mannes in Russland, seine Arbeitslosigkeit, und dann noch eine Tochter, die nach dem Vater geriet, eine Tochter, die ihr auch keine echte Liebe gegeben hatte, die sie immer nur mit dem Vater verglichen und zu wenig die mütterlichen Werte erkannt hatte.

Getröstet fühlte sie sich, wenn sie am Ende der Besinnung ihrer Mutter, aus der Ferne und doch in größerer Nähe als je zuvor, liebevolles Verständnis schickte. Des Weiteren sandte sie, fordernd und mit lachendem und weinendem Auge kindlich trotzig, Bittgebete an ihren verstorbenen Vater - sein Foto stand gut sichtbar auf dem Fenstersims. Sie verlangte von ihm Hilfe. Da er selber so oft unter Mutters nachtragender, unversöhnlicher Art gelitten hatte, musste er wissen, wie sehr s i e jetzt litt, und das konnte er doch, von den seligen Gefilden des Himmels aus, nicht mit ansehen. Anfangs weinte sie verzweifelt, dann wich die Traurigkeit einer hoffenden Stimmung. Wieder waren Monate vorüber, bis sie den nächsten Besuch wagten. Die Aggressionen waren verraucht. Die alte Frau benahm sich wortkarg, distanziert, ruhig. Gegen ein Kommen zu ihrem Geburtstag hatte sie keine Einwände und reichte auch die Hand zum Abschied.

Ein Telefonanruf stürzte Wendel in Angst und Entsetzen: Mama hatte einen Herzinfarkt, war reanimiert worden und lag zum Sterben im Krankenhaus (zufällig war ihr Enkel Frank just an dem Tag mal wieder seit langem bei ihr vorbeigekommen und hatte sie bewusstlos vorgefunden).

An ihrem Bett saß sie und antwortete auf die drängenden Fragen der im Medikamentenwahn und in Endzeitfurcht halluzinierenden Mutter, die sich selbst nie als kirchenhörig und gläubig bezeichnet hatte.

„Gibt es eine Hölle?", stammelte die Mutter.

„Ich glaube fest, dass Gott barmherzig ist mit uns."

„Aber wenn wir gesündigt haben?"

„Er hat uns geschaffen und kennt uns, wie wir sind."

„Aber ist er nicht der strenge Richter?"

„Er ist die Güte. Keines seiner Geschöpfe wird er verdammen. Das steht so in der Bibel, im Buch der Weisheit."

„Ich habe Angst vor dem Richter."

„Du brauchst keine Angst zu haben, Mama. Ich bin bei dir und verteidige dich. Ich sage alles Gute von dir, was ich weiß, und das ist genug."

„Gehst du nicht wieder weg?"

„Ich bleibe bei dir, bis es dir besser geht."

„Der Richter ist da oben an der Decke."

„Ich halte dir die Hand und schick ihn fort."

„Schön, dass du bei mir bist. Der Richter ..."

„Mama, er ist gegangen."

Zu aller Erstaunen überlebte die alte Frau auch noch einen zweiten Infarkt und erholte sich nach einer Reha-Maßnahme. Jedoch konnte sie allein nicht mehr in ihrem Hause leben und stimmte unendlich traurig einer Unterbringung in einem städtischen Seniorenheim zu. In die Nähe ihrer Kinder zu ziehen oder gar zu ihnen überzuwechseln, lehnte sie ab. Sicher fällte sie in größerer Einsicht die richtige Entscheidung.

Freitreppe

Nach beendeter Schulzeit - sie war so gerne zum Gymnasium gegangen, dass sie sogar zweimal in den neun Jahren nach den großen Ferien einen Tag zu früh zur Schule gegangen war, was sie im Nachhinein furchtbar beschämte - schrieb sie sich an der nächsten Uni zum Studium ein. Vetter Max begleitete sie und erkundete mit ihr, was zu wissen nötig war. Er drängte sie zum Medizinstudium, das er selbst abgebrochen hatte, um Betriebswirtschaft zu studieren. Erfolgreich leitete er nun einen Maschinenbetrieb, reiste durch die Welt und gefiel ihr durch seine liberale Art. Als Ärztin könnte sie ihrem geheim gehaltenen Ziel, in einer Missionsstation zu arbeiten, näher kommen. Aber d e r Beruf lag ihr absolut überhaupt nicht. Das sagte ihr Realitätssinn, der wirklich noch nicht sehr ausgebildet war, aber d i e s zu hundert Prozent wusste. Also entschied sie sich für Germanistik, Kunstgeschichte und Religionswissenschaften. Freundin Gitte hatten es die naturwissenschaftlichen Fächer angetan. Zusammen mieteten sie sich ein Zimmer und lebten schlecht und recht vom staatlichen Studienfördergeld. Wendelgards Vater weigerte sich, ihr finanziell zu helfen, weil ihre Wahl seinen Vorstellungen nicht entsprach. Möglichst schnell fertig werden und sicheres Geld verdienen, war seine Devise. Sie hörte seinen eigenen Lebensfrust daraus und nahm es ihm nicht übel. Ein Sechs-Wochen-Job in der Buchhaltung von Maxens Fabrik verschaffte ihr das nötige Startgeld; im ersten Semester wohnte sie noch daheim, obwohl sie mental nicht mehr dort anwesend war. Heute weiß sie rein gar nichts mehr aus dieser Zeit des Abschieds von ihrem kleinbürgerlichen Familienzuhause. Anfangs kam sie noch wöchentlich zu den Eltern, nach und nach immer seltener und entfremdete sich vollends. Das tat ihr gut. Die Welt erfahren war ihr eine existenzielle Notwendigkeit. Der Neugier auf das Leben nachgeben, der Neugier auf fremde Menschen und ihre Gewohnheiten, der Neugier auf ihre eigene Reaktion auf das Erfahrene, das beflügelte sie. Sie brannte darauf mit Feuer und Flamme.

Auch Wolfgang war schon ausgezogen und studierte an einer Ingenieurschule. Ihm erging es ähnlich: endlich frei sein von dem väterlichen Zugriff! Als Junge war er Vaters Autorität stärker unterworfen gewesen als das Mädchen, das sich geschickter entziehen konnte. Ihr Bruder hatte viel Unmut aufgespeichert und ließ diesen nach Jahrzehnten einmal heraus, worüber die Schwester bass erschrocken war. So hatte sie das nie gesehen. Ein jeder hatte leidvoll genug vor sich hingelebt, ziemlich kontaktlos zum anderen, sprachlos. Er verliebte sich, heiratete, baute ein Haus, bekam zwei Kinder und lebt harmonisch, gepflegt und kultiviert zwei Autostunden vom Heimatort entfernt.

Das Studentenleben tat ihr gut. Neben dem Studium, das sie gewissenhaft betrieb - wegen der Förderung musste sie ja gut sein -, pflegte sie auch die Kontakte zu ihren Kommilitonen und Kommilitoninnen, aber doch mehr die ersteren. Abends trafen sie sich in den Studentenkneipen, tranken ein Bier oder einen Wein, diskutierten, lachten, neckten sich, rückten näher auf den engen, abgeschabten Samtcouchs oder Bänken. Benno verliebte sich in sie, sie fand ihn nett und toll, kumpelhaft, hielt ihn aber auf körperliche Distanz, abgesehen von ein wenig Küsserei. Ihre große Liebe seit frühster Jugendzeit war Friedrich.

„Frieder, wir fahren über Weihnachten in Urlaub! Was meinst du?"

„Wir können nicht in Urlaub fahren, Wendel."

„Wieso nicht?"

„Wir haben doch Verpflichtungen."

„Ich bin ausgelaugt und frier mich tot in diesen unseren Breiten."

„Aber über Weihnachten weg …"

„Ja, weg in wärmere Zonen!"

„Ach, das hatten wir doch schon. Wir können doch nicht ohne unsere Kinder und Enkelkinder feiern!"

„Können wir."

„Hast du dir überlegt, was das mit ihnen macht? Ihre Enttäuschung, wenn wir nicht mit ihnen feiern."

„Sie sind alle schon recht groß und haben eigene Vorstellungen vom Fest. Vielleicht sind wir ihnen sogar hinderlich."

„Clara und die Kinder, gut, da magst du recht haben. Aber Luz ist allein."

„Sie ist über dreißig. Dass sie Single ist, dafür können wir nichts."

„Sie kommt doch gern am Heiligen Abend und isst mit uns, und am ersten Feiertag kommt auch noch Clara dazu, weil die Kinder ja dann bei ihrem Vater sind."

„Ach ja, die erwachsenen Kinder bekochen ..."

„Und die Bescherung am Heiligabend-Morgen? Das war doch immer so gelungen."

„Am Heiligabend-Morgen Heiligabend feiern!!!"

„Sie sind es doch so gewohnt."

„Für uns war es doch ein fauler Kompromiss. Das einzig mögliche Treffen wegen der vertrackten Familiensituation unsrer Tochter."

„Hättest du kein schlechtes Gewissen?"

„Nicht, wenn du mit mir einer Meinung wärst. So aber gebe ich wieder nach, weil ich dir, was Familienzuwendung anbetrifft, nicht nachstehen will. Bleiben wir also hier. Deine Fürsorge geht mir auf den Wecker."

„Ich kann nicht anders."

„Ich könnte anders."

„?"

„Da fällt mir ein, hattest du nicht vor ein paar Wochen noch gemeint, wir könnten mal anders Weihnachten ..."

„Ja, ja, ich kann es aber nicht."

„Was ich möchte, rangiert bei dir weit hinten."

„?"

„Erst die Bedürfnisse der Kinder, dann die der lieben Freunde und Mitmenschen, dann erst die deiner Frau."

„So ist es nicht."

„Wie denn? Haben wir nicht mal das Recht auf uns, nur auf uns?"

Wendelgard nach einer kleinen Pause:

„Wie wäre es, wenn wir am vierten Adventssonntag mit den Kindern „Weihnachten" feiern? Mit einem schönen Abendessen, Adventsliedersingen und Wichteln um den Adventskranz herum?"

„Von mir aus, gerne".

Er war ihre große Liebe gewesen, war ihre große Liebe, ist ihre große Liebe und wird ihre große Liebe bleiben und wäre es wieder, wenn sie alles noch einmal entscheiden könnte. Durch alle Zeiten hindurch, dem Plusquamperfekt, dem Imperfekt, dem Präsens, dem Futur und dem Konditional hindurch. So einfach gesagt.

„Dass Sie im Zwischenmenschlichen ein gesundes Maß an Eigenständigkeit und Freiheit fordern und dieses jedem anderen ebenso gestatten, macht die Partnerschaft mit ihnen äußerst erfreulich. Sie können ein Empfinden von Intimität erzeugen, ohne dabei aufdringlich zu sein." In der Wochenendbeilage ihrer Zeitung findet Wendelgard diesen Satz in ihrem Horoskop. Sie liest es immer ohne sehr beeindruckt zu sein, liest es so, wie sie fast alles in der Zeitung liest. Aus Behagen am Zeitunglesen, einfach in morgendlichem Wohlsein. Frieder liest auch, am Frühstückstisch, wie sie. Sie teilen sich die Seiten, er fängt vorne an, sie beginnt hinten. Gesprochen wird nichts, jeder ist vertieft und genießt die Leseruhe und zwischendurch eine Marmeladenquarkschnitte. Dass manche Ehepaare eine solche Verfahrensweise als unhöflich einander gegenüber betrachten, kann sie nicht nachvollziehen. Sie beide frühstücken auch wann sie wollen, unabhängig vom andern. Wer zuerst wach wird, macht Frühstück, kocht den Kräutertee, schneidet das Dinkelbrot, deckt auf ... und fängt schon an. Bei Wendelgard ist das oft schon um 5 Uhr morgens oder noch früher. Welch Unsinn, auf Frieder zu warten. Grundbedürfnisse sollte man nicht mit Kniggevorstellungen strangulieren. Man sollte sie ausleben dürfen wie ein Single - in der Ehe. Das Mittagessen nehmen sie gemeinsam ein und erzählen sich dabei, was anliegt. Die Abendmahlzeiten sind jetzt im Alter zusammengeschrumpft auf ein Mindestmaß an Brot, Jogurt, Obst oder einem Suppenrest. Apropos Horoskop von heute! Ist gut formuliert und trifft auf sie und auch auf Frieder zu. Beide praktizieren dies, nicht willentlich als Programm sondern aus beider natürlicher Wesensveranlagung heraus. Sie tun sich gar nicht schwer damit, und es ist ein Glück, dass sie sich das gegenseitig gönnen können, locker, leicht, ohne Anstrengung, einfach so. Nicht nur in Bezug aufs Essen.

Wie schon angesprochen, verliebte sich Wendy schon früh, und mit Haut und Haar so richtig mit sechzehn, siebzehn, als Pfadfinderin, in Friedrich, einen Ministranten. Anfällig für hohe Ideale - gemeint ist für Keuschheit, Zucht und mildtätige Nächstenliebe - verhielt sie sich dem männlichen Geschlecht gegenüber bedeckt. Bei Festplanungen und den Festen selbst in der Kirchengemeinde trafen sie zusammen, spürten beide das Kribbeln und Krabbeln, verbargen aber voreinander und vor anderen ihre Zuneigung. So schreibt sie in ihr Tagebuch:

Dein Auge zieht die Jalousie hoch
und schaut mich an.
Streichelt mich mit
seiner Offenheit,
umhellt mich mit seidigem Glanz.

Verzaubert mich mit

seiner starken Bläue,

verspricht mir ungeahntes Schönes

in dem Innenraum.

Doch dann -

klappt's zu.

In Jugendfreizeiten, etwas älter geworden, konnten sie ungezwungener miteinander umgehen, taten das, was die meisten Jugendlichen in diesen Zeiten taten, küssen, küssen und nichts mehr, angstbesetzt vor Folgen, die das gesellschaftliche Leben unerträglich erschweren würden, sprich vor eventueller Schwangerschaft in Ermangelung von Verhütungsmitteln. Wenige Jugendliche, die sich über Ängste und Tabus hinweggesetzt und sich in Leidenschaft einander ergeben hatten, verschwanden aus der Stadt wie Ausgestoßene und Verfemte. Also: „Allzeit bereit zu warten" war die Losung, Sehnsüchte verdrängen bis ... ja bis wann? Bis ein jeder eine Ausbildung abgeschlossen hätte. Dann könnte man eine Familie gründen und seine Liebe leben. Was dies abverlangte an Selbstdisziplin ist Jahrzehnte später kaum noch nachvollziehbar:

Wir uns gegenüber sitzen.

Auf dem Schoße unsrer Liebe schönes Vögelchen im

Käfig.

Eingegittert von so vielen Zwängen.

Vor der Institutionen

Fäuste hingeduckt.

Ich an mein

und du an dein Idol gepflockt.

Der du die Liebe bist: Erbarme dich!

Mag man lachen und verächtlich den Kopf über solch prüdes und verkrampftes Gebaren schütteln. Sich sexuell ausleben ist heute normal. Kein streitbares Thema für Wendelgard; ihre älteste Enkelin Mia wird bald ins erste Liebesstadium eintreten. Eine Disziplinierung des Lustlebens kann andererseits auch Kräfte freisetzen, im Nachhinein betrachtet. Poetische Ergüsse anstelle von Samenergüssen! Zumindest hat man in späteren Jahren noch ein Dokument des Lustverzichts in den Händen, ein Beweis, dass man auch einmal kreatürlich gepolt war und litt.

Und Stille leget sich aufs Dach,

unter welchem keiner lacht.

Und die Stummheit hüllet ein die Lust.

Vom Schweigen zehrt die Brust.

Ob der Vers, im Alter gelesen, nicht schal wirke?

Kompensieren konnte Wendelgard toll, hatte sie es doch von Kindesbeinen an geübt. Das Gefühl von Einzigartigsein entwickelte sie in sich, wie es die damalige religiöse Literatur zu erstreben predigte und diesbezüglich Impulse haufenweise unter die Jugend streute. Das Vertiefen in die Lyrik der Romantik kam zwangsläufig dazu. Daraus erwuchsen ihr eigene Verse:

Hoch über euren Köpfen steht mein Sinn.
Ich wandle mit euch die Straßen,
ich stoße den Stein mit euch.
Die Erde bückt sich wie bei euch,
ich streif den Ast mit gleichem Schritt
und spür des Nachbars Blick -
und doch seh über mir in Höhn
ich Wolken ziehn.

Friedrich war selbst auch von einem unwiderstehlichen Sendungsbewusstsein ergriffen. Philosoph wollte er werden und dieses Ziel konnte er sich nicht durch eine frühe Liebschaft verbauen. Deshalb kamen sie überein, erst einmal eigene Wege zu gehen, die persönlichen Wunschträume zu realisieren.

Für sie bedeutete das, nach dem Studium die breiten Stufen zur Zeitungsredaktion hochzuschreiten, ihr Voluntariat zu machen, dann die noch höher steigenden zum Flieger, der sie in ferne Länder bringen würde, um ihre ersten Berichte über religiöse und kulturelle Ereignisse für eine christliche Zeitung zu schreiben. Über den Wolken war sie restlos glücklich. Da verschmerzte sie ihre nicht gelebte Liebe, die zu leben sie mehr bereit gewesen wäre als er, und blendete sie aus, immer besser, fast ganz, zeitweise völlig.

Er betrat die Erdgeschoße und Etagen von Universitäten, studierte und studierte, am liebsten am Schreibtisch im kleinen Zimmer unter einer grellen Leseleuchte, im Sessel, in Bibliotheken, in Warteräumen und Cafés. „Wissenschaft" hieß seine Freundin, seine Muse, seine Geliebte. An ihnen hing sein Herz. Als Kriegsvollwaise bei Verwandten groß geworden, hatte er vielleicht weniger tiefe Bindungen an Menschen entwickeln können und lebte sehr eigenständig. Gleichwohl war es sein innerstes Verlangen, Menschen nahe zu sein, was für ihn bedeutete, ihnen behilflich zu sein, ihre Notsituationen zu lindern, die eigenen Interessen übers Maß zurückzustellen. Nähe schaffen durch Hilfe, war der Leitspruch, der seinen Gefühlsmotor antrieb.

„Schau mal, hier der Spruch, ein Lebensmotto für unsere späten Jahre." (Wendelgard hatte ihn mit rosa und grünen Leuchtstiften in großen Druckbuchstaben auf einen Papierstreifen geschrieben und ihn über den Sicherungskasten im Flur gehängt, mit Klebeband befestigt.)

„Est modus in rebus! Ah, Latein."

„Es ist ein Maß in den Dingen."

„Du meinst, sei maßvoll, Frieder."

„Genau. Aber er gilt genauso für mich. Ich muss es auch lernen."

„Also ein pädagogisches Signal."

„So siehst du es. Für mich ein energiegeladenes Mantra."

„In was soll ich denn maßvoll sein? Ich bin es doch in vielem schon."

„Stimmt. Aber in einem nervst du mich kolossal."

„Und?"

„In deiner überfürsorglichen Art den Menschen gegenüber."

„Welchen?"

„Den Kindern, den Enkeln, den Freunden, deinen ehemaligen Kollegen, etc., etc. Dein Altruismus ist übertrieben groß. Das bringt mich in Rage. Eine Portion Egoismus ist gesund."

„Wo hast du denn den Spruch her?"

„Erinnerst du dich nicht? Aus dem Hotel im Süden, wo wir vor Jahren Osterurlaub machten. Da war er doch als Mosaik vor der Eingangstür in die Bodenfliese geschrieben."

„Erinnere mich."

„Ist mir nie mehr aus dem Sinn gekommen. Wir können uns ja bemühen. Hildegard von Bingen hielt übrigens auch viel vom gesunden Maßhalten. Bist du einverstanden oder stört er dich?"

„Lass ihn."

Zehn Jahre lang hatten sie sich aus den Augen verloren. Sporadisch vernahmen sie voneinander, über Dritte. Sie ließ nie spüren, dass sie immer noch heißes Interesse an ihm hatte, dass ihr Herz raste und im innersten Kern ihrer Seele sein Name eingraviert war, unauslöschlich. Den Blick auf sein Foto gerichtet schrieb sie:

Dein Lächeln
kräuselt Wellen
ab von deiner Lippen Ufer.
Sie rollen sich zu mir
und heben mich auf ihre Kronengipfel hoch,
kosen mich ins Tal hinab
und tragen mich an Sehnlandsküste
wohlig sacht.

Stolz und Eigenliebe halfen ihr dabei, nicht mehr zu leiden, der Zeit zu vertrauen und sich mit Arbeit und einzigartigen Erkundigungen abzulenken und zu bereichern.

Sie treppte hoch, mit Übersprungen hoch, höher, ganz nach oben, erklomm herrlichen Ausblick über Gebirge, Buchten, Wälder, Wüsten und Orte, Flusslauf und Meere, eingetaucht ins Rot-Orange des Morgenlichts, schreitend in abendliche purpurlila Strahlenbündel, gewandet in gewebte Stoffe vielfältiger Kulturen, eingeräuchert von der Feuersglut indigener Stämme, singend und tanzend im Rhythmus des Windes, der Laute, der fremden Herzen unter bizarren Gewächsen. Die Erlebnisse krönte sie mit tollen Reportagen, erhielt Anerkennung und Verdienst.

Empor zu Rio de Janeiros Christus, unter seinen gewaltigen Stein-Armen stehen und staunen über die Welt da unten im silbernen Licht, das schenkte ihr Befriedigung auf der höchsten Stufe. Hinauf auf den Vulkan kraxeln, über schneidende Steine, durch Lavawülste, in den Krater schauen wollen …

Da musste sie vorher passen. An der Schneegrenze packte sie unerklärlicherweise Panik. Der Berg schien sich bedrohlich zu verlebendigen; sie spürte sein Grummeln. Hastig kehrte sie um und machte den Abstieg, wobei sie auf einer wackligen Felsenplatte strauchelte und sich gehörig den rechten Fuß verknackste. Ärgerlich, ihr Versagen! Aber die Rauchsäule über dem Schlund … Der notdürftig bandagierte Knöchel quälte sie noch Wochen.

In einem sehr fern und einsam gelegenen Hotel verliebte sich ein neunjähriger Junge in Wendelgard. Seine Eltern, gepflegt und vornehmer Art, sprachen sie daraufhin an, wussten nicht, wie damit umgehen und baten sie, ein paar freundliche Worte zu ihm zu sagen. Ihr war das unerklärlich, sie wusste ebenfalls nicht, dies einzuschätzen. Das dunkelhäutige Kind verschlang mit seinem traurigen, schwarzen Blick ihre blonden Haare, ihre grünen Augen, das leichte kurze Kleid, die rosig-gebräunte Haut. Es missfiel ihr, sie wendete sich ihm aber einmal verkrampftfreundlich zu und schenkte ihm ein besticktes Taschentuch in Ermangelung eines anderen passenden Geschenkes. Zaghaft nahm er es und hielt es in den Händen wie ein zu klein geratener Minnesänger im weißen Rüschenhemd vor seiner Angebeteten. Nachts könne er nicht schlafen, vor fiebernder Unruhe. D a s kannte sie. Ein Wesensverwandter? Zu Hause wollten sie einen guten Bekannten um Rat fragen, einen Psychiater. Die ältere Schwester sei normal, Gott sei Dank. (Sie glotzte während der Unterhaltung gelangweilt in die Gegend.) Nun tat er ihr wirklich leid, sie konnte ihm aber nicht helfen. Ihre Hilflosigkeit musste sie sich eingestehen und - das wurmte sie. Der Schritt auf der kurzen Wendeltreppe seiner Kinderburg endete jäh an der verschlossenen Wand.

Einen leidenschaftlich liebenden Friedrich hätte sie erhört. Zwei Liebschaften im Ausland gab es, eine platonische und eine mit sexuellem Austausch.

In jener Zeit erreichte sie in der Ferne - manchmal hielt sie sich monatelang auswärts auf, hängte an ihre vorgegebene Arbeitsperiode noch unbezahlte Urlaubszeit an und wohnte bei Freunden - ein Brief, dessen Handschrift auf dem Kuvert ihr das Herz in den untersten Leibesgrund hüpfen ließ: von Friedrich. Mit zurückhaltender Höflichkeit ersuchte er, wieder Kontakt zu ihr aufzunehmen. Seine kurze Ehe mit einer dunkeläugigen Soziologin war gescheitert. Unter der Enttäuschung litt er, sie verunsicherte ihn sehr, zehrte an seinem Selbstbewusstsein, gleichwohl er zu der Scheidung stand. Ein verständnisvoller Brief zurück, ein Brief wieder und so fort. Bald sprachen sie offen über ihre Liebe, was viel leichter ging als früher Angesicht in Angesicht. Küsse flogen per Flugzeug über das Meer, zärtliche Worte und Wünsche. So hoch wie die weißen Tausenderkuppeln aufragten, die sie trennten, so hoch das Begehren zum Wiedersehen.

Später erschien es Wendelgard, als habe Frieder sie, sie nannte ihn jetzt Frieder, nie so sehr geliebt wie mit jenen kleinen, blauen Tintenbuchstaben auf einem weißen Stück Papier. Sie hat die Schreiben alle aufgehoben, aber nicht mehr gelesen.

„Du schwebst ja über dem Boden, Wendy!", meinte die Freundin. „Hängt das mit den Briefen zusammen, die hier so zahlreich angeflattert kommen?"

„So ist es!"

„Wann brichst du auf?"

„Soll ich?"

„Claro que´ si! Er ist die Liebe deines Lebens."

„Und ich die seines?"

Mit einer gewissen Genugtuung konstatierte sie das Ende seiner kurzen, ersten Ehe, so als hätte sie gar nichts anderes erwartet, als hätte sie gewusst, dass dies so kommen musste. Auf einem Umweg hatte er nun doch zu ihr gefunden.

Denk ich an dich,
so geht mein Schritt
in einem neuen Rhythmus
und schwingt in Harmonie mein Leib

schrieb sie in den weißen Küstensand und schmückte mit den schönsten Muscheln und Schnecken des Ozeans die Worte, die bald verwischt von rollender Gischt. Verloren ging dabei ihr Medaillon an einer schwarzen Lederschnur. Aber auch wenn einer an jenem öden Strand, im einsamsten Winkel der Welt, es gefunden hätte, zwischen frischen und vertrockneten Algen und ausgebleichten Seepocken, er hätte es ihr nicht zurückgeben können, denn, hätte er es geöffnet, wäre es leer gewesen. Kein Foto, kein Bild, keine Adresse barg es. Schön, aber leer!

Bald trafen sie sich und lagerten in der großen, fleischigen Hand der Liebe, schaukelten in ihrem heißen Atem, leckten ihrer Freudentränen Salz und schwitzten grüne Zukunftsformeln aus. Der Bund wurde vor Standesamt und Altar besiegelt. Mit den Freunden wurde in einem netten Lokal gefeiert, in Abwesenheit aller Verwandten, denen der unkonventionelle, was auch immer sie darunter verstanden, Ablauf des Festes fern der Heimatstadt nicht behagte. Frieder studierte zusätzliche Fächer. Die erste gemeinsame Wohnung, nach der Wohngemeinschaftsbleibe, ward gefunden. Der Gipfel des Glücks: Wendelgard wurde bald schwanger und gebar die Tochter Clara, die Frieder als liebevollster Vater rührend mitversorgte, da sein Studium und Nebenjob an der Uni das zuließen. Die zweite Tochter nannten sie Luz. „Helles Licht" heißen die beiden Mädchen zusammen, Namen, die Wendelgards Sehnsucht nach der gleißenden Sonne am Ende der Stufen, am Ende des mühsamen Aufgangs, am Ende der Himmelsleiter verkörperten.

Damals uferten unsere Träume an
am unsicheren Strand der Zukunft.
Trotzig knirschte unser Boot
auf felsigen Klippen.
Nun liegt es ruhig.

Dieser Vers beendete eine Lebensabschnittsstufe.
Lange Zeit kam sie nicht mehr zum Dichten.

Helixtreppe

„Die Reportage ist ... so geht's nicht, Frau Kollegin."

„Was meinen Sie?"

„Sie sollten über den Arbeitseinsatz eines Missionars schreiben. Und was tun Sie? Schreiben über seine Einsamkeit und Trostlosigkeit und seinen unvermeidlichen Zölibatsbruch."

„Ich erwähne, dass man Verständnis haben kann für die Art, wie er in dieser bitterarmen, lebensfeindlichen Gegend, am Ende der Welt sozusagen, sein Leben irgendwie in den Griff kriegen muss, um nicht unterzugehen."

„Es geht doch nicht, dass Sie von seiner eingeborenen Frau erzählen, von ihren vier Kindern, von denen er das eine oder andere gezeugt hat."

„Es ist ein Faktum und er verleugnet seine Familie keineswegs. Er hat die Frau aus dem Elend gerettet und sie hilft ihm, trotz seiner schweren Krankheit standhaft zu bleiben."

„Verstehen Sie nicht? Das können wir nicht drucken."

„Ich will keine ideale Welt beschreiben, sondern die reale, und die ist verdammt hart. Die Leser erfahren von seinen kilometerlangen Ausritten auf halbverhungertem Pferd über Stock und Stein wie der Ritter von trauriger

Gestalt, von der Ankunft im Bergdorf, vom liebevollen Empfang der wenigen Bewohner. Ich habe für ihn die Glocke am Kirchlein geläutet, den Altartisch gedeckt, ein paar Blumen gepflückt. Anderthalb Stunden haben wir zusammen auf die Leute gewartet, die aus allen Himmelsrichtungen geritten kamen. Immer wieder habe ich die Glocke ... "

„Hören Sie doch auf! Das ist ja schön und gut."

„Ich hörte ihn predigen (Wen wurde lauter), einfach, demütig, ermutigend. Ein paar Mal ist er vor Schwäche getorkelt, sodass die Leute ihn gestützt haben. Und dann soll er am Abend in seiner Baracke, anders kann man sein Heim nicht nennen, noch selbst was Warmes kochen, seinen einzigen, staubigen Anzug bürsten und Wäsche waschen. Wie gut, dass es Marta gibt, die ihn empfängt und ihm ein wenig gut tut. Beim Balgen der Kleinen lächelte er. Ansonsten ist sein ausgemergeltes Gesicht von tiefen Sorgengräben durchzogen."

„Denken Sie doch an die Leser! - Ich finde ja auch, dass der Priesterstatus reformiert werden müsste."

„Viele Leser meinen das auch."

„Viele spenden aber auch nichts mehr, wenn sie das lesen."

„Ach, die Spenden! Darum geht's."

„Auch um den Bischof. Glauben Sie, er freut sich, wenn er Ihre rührende Priester-Märtyrer-Geschichte liest?"

„Er sollte sich ein Beispiel an seinen Bischofskollegen dort unten nehmen. Sie dulden vieles, weil sie die Situation kennen. Was weiß man hier von den guten Früchten der Befreiungstheologie? Welch eine Anmaßung der Kirchenämtler, sie abzuurteilen! Für mich ist Don Pablo ein Heiliger, neben vielen anderen unbekannten."

„Wendelgard, ändern Sie um Gottes willen den Bericht!"

„Um Gottes Willen muss ich gar nichts ändern."

„Um Ihres Jobs willen. Tun Sie 's."

„Wie war Ihr Aufenthalt? Erzählen Sie!"

„Ernüchternd, total desillusionierend."

„Wieso? Gibt 's wieder Probleme für einen positiven Report?"

„Ich glaube ja."

„Wendelgard!"

„Der Pater bereichert sich am Spendengeld."

„Wie?"

„Für den Batzen Geld ließ er in seinem Sprengel einige Brunnen bohren, richtig schicke Brunnen. Weit und breit gibt es nichts dergleichen. Die Leute waren selig, Wasser in dieser unwirtlichen Halbwüste zu bekommen."

„Ja und? Ist doch fein."

„Was macht der fromme Typ? Verlangt Geld pro Liter, nicht viel, aber genug, von den armen Menschen. Die

Männer sind arbeitslos. Die Kindersterblichkeit ist groß. Eine Schande! Ich war so wütend auf ihn. Wie ein Macho hofiert er in seinem schönen Pfarrhaus. Lässt sich bedienen von der Missionsschwester, auch im Bett, erzählt man sich. Und ich soll von der guten Verwendung der Gelder schreiben?"

„Ja, das tun Sie mal!"

„Ich mache diese Verlogenheit nicht mehr mit. Den Pater verurteile ich nicht. Er ist auch nur ein Mensch. Aber die Amtskirche, die alles verbrämt, schönredet, sich nicht bewegt, die ist mir ..."

„Müssen Sie auch nicht."

„Was?"

„Auslandsreportagen schreiben. Ihre Kollegin A. hat weniger Gewissensbisse als Sie. Zudem schreibt sie ganz ansehnlich. Sie übernehmen in Zukunft das Ressort „Engagement in hiesigen Gemeinden". Das kommt Ihrer empathischen Veranlagung doch entgegen. Außerdem können Sie sich dann mehr Ihrer Familie widmen."

Wende stolperte die Stufen hinunter, knickte auf einer ausgetretenen um und verstauchte sich den Knöchel, der sowieso schon malträtiert war, humpelte zum Parkplatz, machte jedoch plötzlich an ihrem Auto kehrt und nahm trotz Schmerzen den Weg zum nahen Park.

„Luft, Luft, ich brauche Luft, sonst platze ich."

Mit großen Schritten umrundete sie den kleinen Teich, ein-, zweimal. Ungeachtet des wehen Fußes, hieb sie die hohen Absätze in den Sandboden, dass sie tiefe Eindrücke hinterließen, Spuren des Zorns, der in ihr tobte. Ein Stockentenpaar stürzte Hals über Kopf ins Wasser, aufgestört von ihrem Schnauben. Zum Glück hatten sich Spaziergänger und Jogger zu dieser frühen Stunde noch nicht eingefunden. So konnte sie ungeniert einige derbe Schimpfwörter loslassen. Als ein Absatz an einem Stein abbrach, rettete sie sich auf eine Bank.

„Auch das noch! Verdammt!"

Beim ständigen Geklecke einer hungrigen Elster rieb sie ihren Fuß und verdrückte ein paar Tränen aus Leid, vor Wut, vor Ratlosigkeit.

Die Enten schwammen im Wasser, zogen ruhig ihre Bahn. Das Wasser nuschelte sanft an den Uferrand, die Kastanienäste über ihr knackten leise vor sich hin. Der Friede des Ortes umfasste endlich auch sie.

„Leicht wird es nicht werden. Anstrengung wird es mich kosten, Mühe."

Ihre Augen wanderten die Bäume hinauf zum Himmel, der heiter und wolkenlos einen schönen Tag versprach.

„Ich lasse mich nicht unterkriegen."

Was sie anfing, erledigte sie mit Eifer, Perfektion und Herzblut. Halbe Sachen gab es für sie nicht. Sowohl im Beruf als auch im Hause wollte sie gut sein. Das bedeutete Dauereinsatz und Arbeit. Erste Warnzeichen gab ihre bis jetzt gute Gesundheit. An den Wochenenden bekam sie Kopfschmerzen, die sie erfolgreich mit kleinen Ausflügen in die nahe Waldlandschaft wieder vertreiben konnte. Die Wanderungen mit Mann und Kindern heilten vorübergehend aus, was die Werktage an Schädigungen angerichtet hatten. Beim Gehen besprach sie mit Friede ihre Probleme, er konnte wunderbar zuhören und beraten, weshalb sie sein Ziel, Berater zu werden auch guthieß und ihn zum Abschluss seiner Psychologie-Studien ermunterte.

Die herrliche Natur in der neuen Heimat gewann sie lieb und schulte ihre Aufmerksamkeit darin mehr und mehr. Gerne hätte sie wieder angefangen zu malen, eines ihrer Hobbys in der Jugendzeit, allein es fehlte die Zeit dazu. Jedoch gönnten sich beide die Besichtungen in Kirchen, Klöstern, Schlössern und Museen, natürlich mit Clara und Luz. Die Zeit war im Umbruch. Man konnte Kleinkinder huckepack vor Picasso und Tutenchamun schleppen. Legerer war das Leben geworden, freier, unkonventioneller, humaner. Freunde kamen oft vorbei und sie besuchten sie wieder. Unkompliziert, ohne Terminierung und Voranmeldung. Man kochte zusammen, saß in den einfach ausgestatteten Zimmern zwischen Krümeln und Teefläschchen, um über Gott und die Welt zu philosophieren und politisieren, bis nach Mitternacht. Eine fruchtbare, vitale Zeit auf bodennahen, braunen, festen Cordpolstern, denen Fried noch im Alter nachtrauerte - sie hatten sie später nach dem Umzug ins eigene Haus einer alleinerziehenden Mutter geschenkt -, eine Wohn- und Kulturplattform, auf der sie stimmig und zufrieden hockten.

„Sollen wir nicht mit den Kindern im Süden Urlaub machen. Sie sind ja Dauerhuster in diesen Breiten?"

„Und das hilft?"

„Was soll die Frage, Frieder?"

„Der Arzt meinte aber, die See im Norden sei heilkräfti-
ger."

„Der spinnt ja. Die Ärzte im Norden empfehlen den Süden, die im Süden den Norden. Ich hör auf meine Emp-
findung."

„D u willst in den Süden."

„Stimmt. Du nicht?"

„Du weißt doch, dass ich nicht fliege."

„Aber das kannst du doch nicht ewig behaupten."

„Doch. Ich fliege nicht. Habe Angst davor."

„Das ist ein Scheidungsgrund, mein Lieber. Das hattest du mir vor unserer Heirat verschwiegen. Du wusstest, wie sehr ich reisen mag."

„Du hast mich nicht danach gefragt."

„Reisen ist mein Leben!"

„Unser Land ist groß. Da kann man viel mit Auto und Zug unterwegs sein."

„Bist du dir eigentlich im Klaren, wie mich das existenziell trifft, dass du nie mit mir eine Flugreise machen wirst?"

„Flieg halt allein. Du bist es doch gewohnt. Ich habe nichts dagegen."

„Verstehst du nicht, dass ich mit dir Erlebnisse teilen will? Aber - ich will dir nichts aufhalsen, was dir absolut widerstrebt."

„?"

„Es enttäuscht mich, sehr, und macht mich traurig."

„?"

„Du könntest was gegen deine Ängste tun."

„Lass mich doch einfach."

In manchem stimmten sie nicht überein, was Wendelgard teils gut fand, machte es das Eheleben doch nicht langweilig. Jedoch dass er so ein Reisemuffel war, machte ihr zu schaffen, mehr als er es wusste. Er erahnte es nie. Das hieß für sie, Abstriche machen auf der Fernweh-Liste, Erfahrungseinbuße, Schreibverhinderung.

Gut, die Osterinsel, deren Schrift sie enträtseln wollte (lächeln musste sie über diesen Jugendtraum), die wäre wohl für immer außer Reichweite. Ab und zu fragte sie sich aber doch, ob sie ihn geheiratet hätte, wenn sie von seiner Abneigung gegen Reisen gewusst hätte, sie, die dabei ihre kreativsten Momente hatte und sich erneuert fühlte bis in alle Zellen. Er wollte partout nicht.

Gewiss, ihre bescheidenen Urlaube verliefen immer erholsam und sättigten ihren Erlebnishunger, ohne Zweifel. Und so verdrängte sie das Begehren nach der Fremde und entdeckte nach und nach das Kleine, Nahe. In ihrer christlichen Gemeinde am Ort suchte sie Fuß zu fassen. Durch ihre Arbeit hatte sie ja leichten Zugang. Den Wechsel in einen anderen Bereich hatte sie angenommen. Vorerst mal. Sie war überall zu gebrauchen und würde es ihnen zeigen. Zäh widerstand sie den Impulsen, alles hinzuschmeißen und woanders neu anzufangen. Noch nicht einmal des Geldes wegen, was verständlich gewesen wäre, wo sie bis jetzt noch der alleinige Broterwerber war. Nein, sie gewann der neuen Aufgabe Gutes ab, wie Wendel immer Wandel liebte. Ohne es zu merken wollte sie ihre bis dato verpasste Missionsarbeit nachholen und aktiv werden, in Familienkreisen, Frauenkreisen, Kindergruppen, Räten. Die Ideen sprudelten aus ihr heraus. Sie brauchte nur den Hahn im Geiste drehen und schon konnte sie sie abzapfen. Verwundert stellte sie fest, wie schnell das klappte. Meist geschah es vor dem Einschlafen oder nach dem Erwachen am frühen Morgen. Für diese Gabe war sie dem Erschaffer dankbar und sie sagte es ihm immer wieder. Man bewunderte sie dafür, was sie nicht mochte, war ihre Fähigkeit doch kein Eigenverdienst. Aber auch Neider gab es und pure Realisten, die den Plänen Taten folgen sehen wollten.

Da haperte es, denn wo sollte sie die Zeit stehlen bei ihren beruflichen und häuslichen Aufgaben? Eine Weile dauerte es, bis sie eingesehen hatte, dass sie von anderen nicht erwarten konnte, ihre Ideen umzusetzen. Erste Resignation keimte auf. Enttäuschung kam dazu, es veränderte sich kaum etwas und alles blieb beim Alten. Zwar schuf man neue Gremien mit tollen Titeln und Konzepten, die den Anstrich eines modernen Christentums hatten. Aber genau betrachtet stagnierte das religiöse Leben in einer oberflächlichen Langweiligkeit. Das kleinliche und orthodoxe Denken vieler hiesiger Christen ging ihr auf die Nerven, etwas später als Friedrich, der, was die kirchliche Bindung anbetraf, schon ein gutes Stück distanzierter geworden war.

Mit kirchenkritischen Zeitschriften hielten sie sich auf dem Laufenden und sympathisierten mit der Bewegung von unten, mit Netzwerken protestierten sie. Sie kontaktierte eine kleine Frauengruppe bei regelmäßigen Treffen im privaten Bereich. Hier brachte sich jede mit Themen und Vorschlägen für Aktionen ein, Wendelgard natürlich intensiv. Ihre innige Verbundenheit untereinander hielt bis ins Alter.

Gemeinsam planten sie eine Reise ins Heilige Land und unternahmen sie auch tatsächlich, von einem Reiseverein organisiert. Wieder zu Hause arbeiteten sie ihre Erlebnisse auf und gaben sie einander auch zum Besten. Die jeweilige Gastgeberin gab sich Mühe, den Abend nett zu gestalten, mit einem speziellen Essen und kleinem Programm.

„Was erwartet uns denn heute bei dir, Wendelgard?"

„Geduld, Geduld! Und erst mal schalom und salam allerseits!"

Eine große, heiße Pfanne mit brutzelndem Eierkuchen stellte sie auf den Tisch.

„Riecht gut. Was ist das?"

„Das ist eine spanische Tortilla aus Pellkartoffeln, Zucchini, Zwiebeln und Eiern. Dazu gibt es noch Salat und selbstgebackenes Rosmarinbrot."

„Spanischen Pfannkuchen? Wollten wir nicht immer ein orientalisches Gericht servieren?"

„Genau", grinste Wendy, „dämmert es euch nicht?"

„?"

„Ihr esst jetzt bitteschön und ich lese euch meine Geschichte vor:

Das Tote Meer hatte uns, nach dem Schwimmen darin und dem Besuch der nahen Ausgrabungen, sehr mürbe gemacht. Unsere körperlichen Bedürfnisse wie Essen,

Trinken und Entspannen spürten wir sehr deutlich und sehnten uns nach einem schattigen Ess- und Ruheplatz. Angeblich wartete er in einem guten, seriösen Hotel in der uralten Stadt Jericho auf uns - und da wartet er noch heute. Wir kamen wo ganz anders an.

Isak, unser palästinensischer Kleinbus-Fahrer, fühlte sich in heimatlichem Gelände merklich wohler und sicherer am Steuer. Mit beschleunigtem Tempo raste er durch einige Siedlungen, denn mittlerweile hatten wir ja Israel verlassen. Jot wie de hielt er einmal, um seiner hier wohnenden Schwester oder Freundin guten Tag zu sagen, wofür wir alle Verständnis hatten. Die Einfallstraße nach Neu-Jericho machte er zu einer Rennstrecke, wie die anderen Fahrer auch. Gnade dem, der hier überqueren musste. Beiderseits der Piste wedelnde Palmen konnten da auch nicht über eine drohende Gefahr hinwegtäuschen. Ungeachtet der Hinweise von den Fahrkundigen der vorderen Sitzreihe, stoppte er plötzlich, nach einem Handy-Gespräch, und deutete uns wild entschlossen hinaus. Er fände das gewünschte Hotel nicht und hier, zur anderen Straßenseite hin fuchtelnd, könne man auch gut speisen. (Die Ham-Ham- Geste war bestens rübergebracht.)

Schulterzuckend ließ unsere Reiseleiterin den Exodus zu. Von der Hoftür des Gasthauses „Five Trees" her rannte uns ein rotbefezter, pluderhosiger Mann mittleren

Alters entgegen. Beim Laufen verbeugte er sich und winkte mit den Armen zu uns, aber vor allem auch beschwörend zu den Formel 1-Rasern hinter uns. Wirklich kamen wir alle unversehrt hinüber und hofften, sein so überfreundliches Lächeln drinnen nicht teuer bezahlen zu müssen. Da aber der Name „Fünf Bäume" schon weidlich untertrieben war - zahlreiche Baumkronen erhoben sich über einer weißen Umgrenzungsmauer -, rechneten wir insgeheim mit einem honorigen Service.

Ein wunderschöner, weiträumiger Innenhof empfing uns nebst höflicher Kellnerschar. Dass wir nicht auf ihren Händen zu den Sitzplätzen unter den Baum- und Tuchschirmen getragen wurden, war alles. An eine lange Tischtafel manövrierten sie uns, zum ersten Mal auf der Reise saßen wir so eng zusammengruppiert, wie Hühner auf zwei Stangen. Psychologisch gut unterwiesen, überließen sie uns zunächst uns selber. Die neuartige Atmosphäre musste beschnuppert werden. Einige tauschten noch einmal die Nachbarschaft. Der nahe Plätscherbrunnen wurde betrachtet, die Bougainvillea-Pracht in roter Farbpalette bewundert, die blumige Gartenluft berochen und die sonstige Leere der Tische und Stühle beargwöhnt. Wir waren die einzigen Gäste, abgesehen von wenigen „Bar-Hockern" im Haus.

Vorrangig wurde um das Angebot und die Qualität der Speisen gemutmaßt.

„Was sollen wir denn um Gottes willen essen?"

So begann das Gruppenspiel mit deutschen Frauen und palästinensischen Kellnern.

Einer fragte nach den Getränkewünschen. Die Bestellung schrieb er auf ein Blöckchen und wiederholte noch einmal zu seiner Vergewisserung.

„Ein Wasser, ein Wasser, ... fünf Wasser, ein Tee, zwei Cafés, ein Wein."

Richtig viel Zeit nahm er sich, um keine zu übergehen und ja nicht durch ein Missverständnis später Unzufriedenheit zu provozieren.

„Ja, sollen wir denn überhaupt essen?"

Als hätte er das Verlangen nach einer Essensdiskussion erahnt, blieb er eine geraume Zeit weg.

„Eigentlich habe ich gar keinen Hunger."

„Ich auch nicht."

„Einen Bissen könnte ich schon vertragen. Es ist 14 Uhr."

„Aber was?"

„Salat auf keinen Fall. Davor wird immer gewarnt. Die haben ja so Schwierigkeiten mit dem Wasser."

„Wenn, dann nur Gekochtes."

„Und mit Fleisch ist das auch so eine Sache."

Zwei Kellner trugen die Getränke herbei. Außerdem reichten sie die Speisekarten.

„Lass mal sehen, was sie haben."

„Beachtlich das Angebot."

„Hätt ich nicht gedacht."

„Ich esse nichts."

„Aber wir sind doch zum Essen hier."

„Macht doch nichts."

„Wir können nicht doch alle n i c h t s essen."

„Das ist borniert. Es sieht doch alles ganz manierlich aus."

„Aber kein Mensch ist hier."

„Nur wir."

„Das hat uns Isak eingebrockt. Wo ist der überhaupt?"

„Im Haus sitzt er und amüsiert sich mit seinen Kumpanen."

Wendelgard musste unterbrechen, da alle in schallendes Gelächter ausgebrochen waren und ihr selbst auch die Stimme versagte. Dann las sie weiter:

„Wie wär's denn mit Omelett? Ich nehme Omelett español".

„Wo steht das?"

„Hier."

„Was ist das?"

„Omelett, weiß auch nicht genau, spanisch halt. Ich

nehm das jetzt."

„Da kann man nicht viel verkehrt machen, das stimmt."

„Der Preis ist gut."

„Omelett passt. Ich nehme das auch."

Die Weißbeschürzten erschienen wieder, sehr dezent. Ob die Ladies denn gewählt hätten?

„Ich möchte ein Omelett español." Sie nickten glücklich und notierten.

„Ein Omelett español."

„Ich auch."

„Ich auch."

„Español?"

Nicken.

Nun stutzten die Kellner.

„Alle wollen ein …" Lauter Spanienfreunde! Ihr Erstaunen konnten sie nicht mehr zurückhalten und lachten, aber verhalten, nur für einen kurzen Moment. (Es ist ja nicht komisch, eine Vorliebe für spanische Omeletts zu haben. Aber w i e diese Deutsche das sagen! Als wäre es eine Henkersmahlzeit!)

Lautes Prusten der Damen stoppte erneut Wendelgards Vortrag.

„Verschluckt euch nicht an meiner spanischen Tortilla", mahnte sie und fuhr fort:

„Gut, dass wir keinen Salat genommen haben."

Angenehm verging die Zeit, die Atmosphäre war so freundlich wie die Herren es waren. Die Sonne trieb mit den Blättern kleine Haschmich-Spiele, das Brunnenlüftchen mit den Wassertropfen und die Vögel überzwitscherten den Straßenlärm.

Jemand meinte, ob sie auch wohl genug Eier hätten oder noch schnell welche auf dem Hühnerhof besorgen müssten. Je mehr sie über ihren Omelett-Appetit feixten, desto ausgelassener wurde die Laune.

„Da kommt das Essen."

„Bin gespannt."

„Sieht gut aus, von weitem."

Eine kleine Prozession näherte sich unserer Festtafel. Auf ihren bis zur Schulter hochgehobenen Handtellern schwebten die Pfannkuchen heran. Es schlug die Stunde der palästinensischen Jungmänner in dieser Gaumenposse. Sie stiegen in eine Rolle höherer Gastronomie-Ebene und zelebrierten ihre Darreichung in einem neukreierten Ritual globaler Empathie:

„Hier, Ihr Omelett español.

Ihr Omelett Jericho.

Ihr Omelett Jerusalem.

Ihr Omelett New York.

Ihr Omelett Berlin.

Omelett Hamburg.

Omelett Paris ... Wien ... Colonia.

Lassen Sie es sich gut schmecken."

Alle Omeletts sahen gleich aus: ein goldgelber, fluffiger Eierkuchen mit eingebackenen, roten Paprika-Streifchen, in der Mitte umgeklappt, um noch Raum für Fritten und einen knackigen, gemischten Salat zu lassen. Ohne Wenn und Aber machten wir uns genüsslich über das Mahl her. Jede aß das Goldgebäck ihrer Traumstadt. Kein Wörtchen mehr über den gefährlichen Salat.

Die Männer wechselten manches nette Wort mit uns und lernten am Ende noch das Adjektiv für prima geschmeckt: lecker.

Das großzügige Begleichen der Rechnung beschloss die Comoedia (von der Urbedeutung her ein Festzug und Gelage junger Menschen in lustvoller Stimmung).

Und die Mauern von Jericho waren nicht eingefallen.

Zunehmend schwerer fiel es Wendelgard, ihre Reportagen aus dem kirchlichen Leben mit seinen unterschiedlichen Veranstaltungen abzufassen. Sie fühlte den Umbruch in sich immer deutlicher. Teils stärkte es sie, teils beunruhigte es sie, musste sie doch schon wieder um Aufrichtigkeit kämpfen. Ihren letzten Bericht über ein Kirchen-Konzert schrieb sie kurz und knapp. Für sich selbst und ihre Sammlung von Episoden, die ihr im Leben eine bahnbrechende Veränderung gebracht hatten, schuf sie eine andere Version:

Die Volkshochschule des Städtchens hatte die Sängerin Antonia L. gebeten, die prominente Persönlichkeit zu begrüßen. Was heißt gebeten? Verpflichtet, vertraglich, am 10. Mai um 17 Uhr bei einem Auftritt ihre Stimme abzugeben. Selbstverständlich sagte sie zu. Sie sang ja beruflich und lebte schlecht und recht davon. Noch war sie stimmlich nicht super, obgleich sie sich dafür ausgab: Sopranistin. Von soprana oder superana leitet sich das Wort ab: oben auf, über, überlegen. Aber wer will das schon so genau wissen? Allgemein beobachtet, zeigen Hörer ihre besondere Aufmerksamkeit und Bewunderung mehr den hohen Stimmlagen von Sängern, auch wenn deren Töne absturzgefährdet sind wegen Stützproblemen. Die Beliebtheit nährt das Selbstbewusstsein, schmeichelt dem Stolz. Antonia selbst neidete ihrerseits den Altistinnen die Wärme der tieferen Töne. Fast eifersüchtig wünschte sie sich manchmal einen Stimmbruch herbei.

An-to-ni-a! Der Name tastet sich ab wie dunkelroter oder schwarzgrüner Samt, versehen nur mit einem einz'gen hellen Punkt verschiedener Oberflächenstruktur, unstimmig im ganzen Gewebe. Vorerst überstimmt dieses schrille Namens-i die restlichen Laute, presst sich aus ihrer Stimme Ritze hart. Sie muss noch bauen am Fundamente ihrer Klänge Haus.

Es hieß, die zu feiernde Dame sei schön, von königlicher Art. Stellvertretend für die Besucher solle sie ihr Ehre erweisen. Der Anlass des Festes war ihr gar nicht bekannt. Die Liedersprache war ihr fremd, verschlüsselt, wie die vieler Lieder ihres Repertoires. In ihrer Welt tat jeder alles für ... wofür, ja wofür, wenn sie das genau definieren könnte. Sei es drum! Was kümmert sie der Star, die Diva, mag man sie auch für göttlich halten. Ihre Wirkung auf der Maien-Fete gegen meine. Meine Stimme, mein Konzert-Outfit gegen den Rest der Damenwelt. Im Duell auf der Bühne muss ich mir zumindest Stimmengleichheit erkämpfen. Eine Niederlage meinerseits bedeutet das Aus. Meine Kunst gegen ihre? Natürlich, einfach sei sie. Mütterlich.

Vorerst gab es andere Fragen zu lösen: die Kleidung. Welche Farben standen an? Blau, bordeauxrot oder silbern? Hose, Kleid? Kurz oder lang? Ihre Finger glitten über die Stoffe - die Auswahl war begrenzt - und griffen die glitzrige Bluse in Gold, bei deren Anblick die Augen geblendet sich schließen. Dazu passte der schwarze, feine, enge Rock. Beengte der Stehkragen nicht doch ein wenig? Keinesfalls. Locker umspielte er den Hals und gab dem Atem das Volumen, das er brauchte. Zudem vervollkommnete er das Bild ihres römischen Stylings, dessen Krönung ein Marc-Antonius- Frisurenschnitt war. Wie es sich ziemte für Antonia, entgegen ihrer allwissenden Mutter Rat, mit langem, schwarzem Haar die Gunst des Publikums eher gewinnen zu können. Die Accessoires waren schnell bestimmt: Perlenohrringe mit dem dazugehörigen Armband und die sündhaft teuren italienischen Schuhe, Stimulans für ihren Stand-Punkt. Apropos Stand! Wie war der Raum beschaffen? Bei schlechter Akustik konnte sie einpacken. Blusengold ersetzt leider nicht ganz das Gold der Kehle. Eine diesbezügliche Enttäuschung könnte sie nicht sofort wegstecken. Diese zerbräche das kostbare Gefäß ihres Stimmungsbarometers. Disziplinieren wollte sie ihr Lächeln. Unerfahren wirke es, irgendwie leer, kritisierte ihre beste Freundin in aller Offenheit, sie meinte es nur gut. Nur, wann und wo und wie erfährt man, was das Lächeln füllt?

Leicht verschlafen, missgelaunt wäre zu viel behauptet, verlief die Anfahrt. Shakehands, Komplimente, eine Frage, ein Tipp, prüfender Blick ins besetzte Haus. Befeuchten der Lippen, die wie immer vor dem Einsatz spannten. Tonia fühlte sich wie ein Klümpchen Gold in einer Mausefalle, einem schlichten, schmutziggrauen Saal, dem heiligen Martinus geweiht, aber eher seinem Soldaten-Look gemäß als dem späteren Bischofsstand. Zur Unterlippe rutschte hoch das Kinn. Um Gotteswillen keine Panik!

Konzentration! Besänftigend strömte die Sinfonie in G-Dur an ihr vorbei. Wenige Sekunden noch, bis sie sich erheben musste mit auf einmal alten, gichtigen Knien. Jetzt ein Vogel sein, sitzen auf dem Giebel eines Dachs und zwitschern frei und frank sein Tralali. Zeig dich endlich, fremdes Weib, die Show hebt an.

Ein Rauschen von Brokat, schwer auf den Füßen schleppend, ward vernommen. Nicht zu fassen, auch in Gold gewandet! Und in welchem? Wie vom Mondenmattlicht überschimmert. Klasse. Rasse. Zauberhafte Eleganz.

„Guten Tag! Ave!", brüchelte Antonias Gesang zum Gruße ab von ihrem Stimmband und vom Bein der Brust.

Die Angekündigte war vor einem Pfeiler in ihr Augenfeld getreten. Aufrecht, in leicht schwebendem Barfußschritt - wohl völlig ausgeflippt die Dame -, erschien sie in mittelalterlichem Frouwe-Look. Besondere Masche, diese Mode! Ein großes Cape umzeichnete zart den Kopf, den schmalen Oberkörper bis zur Hüfte, sich dort bauschend wie die Hüllblätter um eine Blumenknospe. Mädchengesichtig schaute sie in die Menge, nicht scheu, nicht stolz. Jungfrau-Typ, mutmaßte die Sängerin. Obwohl in Kostbarkeit gekleidet, trug die junge Frau den Schmuck ohn' Anteil, ohne Lust auf Wirkung, ließ ihn zu. Im Gegensatz dazu die sichere Pose, wie sie ihr Kindchen auf dem Arme präsentierte. Tatsächlich hatte sie es mitgebracht. Es heißt, sie habe es überall dabei. Eine Feministin, die ohne Stillen nicht mehr Frau sein kann. Maria lactans. Still-Maria. Richtig. Das war ja ihr Name. Schlicht um: Maria. Ein alter Name, zweitausendjahre-abgerufen und eigentlich sehr melodiös.

M-aria, ein kleines Mamalied für einen kleinen Sohn, der lebendige Stimmgabel zu sein schien, munter hüpfend hin und her, Takt schlagend mit Hilfe einer Birne. War er ein Wunschkind? Wo ist der Vater? Von einem Verlobten war die Rede. Möchte tauschen nicht mit dir und deiner süßen, schweren Last. Mein Notenblatt in Händen wieget leichter.

Abseits von Antonias Kopfgesang war eine zweite Melodie aus ihr herausgesprudelt, leise wie ein Rinnsal aus ihrer Herzensquelle hin zu jenem tiefen, reichen Brunnen und hub an zu sprechen, leise:

„Ich sehe es, die Mutterschaft hat ruhig dich und reif gemacht. Die Zukunftsangst hat dir den Stolz, die Leidenschaft genommen. Verrate mir, du fremde Nahe, verhalten offen Freundliche dein Geheimnis! Schwesterliche fast, verzeih, ich wünscht mir immer eine Schwester, so ungleich mir und doch vertraut. Sag, warum sprengst du die Klischees so selbstverständlich und lässt dich andrerseits mit weiß' und rosa Margeriten kränzen? Es macht mich kitschig an, ist aufgesetzt und wird dir nicht gerecht. Du magst es nicht? Erlaubst es aber, lässt dich von Zofen schmücken wider deinen Willen und Begehr? Du lässt so vieles Falschgetue zu. Sag, warum dein Leid - du hast doch Sorgen, ich bemerk dein schweres Augenlid -, dein Leid dich milde macht und, Glück und Schönheit spottend, mancher Lebensaugenblick dich leiden ließ? Worin liegt deines Trauens Grund? Wie wuchs dir deine Stärke? Ich spüre strahlen sie hierher zu mir. Mein Lied fängst auf du in dem kleinen Rund, das du mit Daumen und mit Zeigefinger bildest. Ein altes Zeichen? Notenschlüssel? Du lächelst. Ein Kreis, in dem sich alle Weisen sammeln, sich verfeinern und verdichten zu wunderbaren Harmonien. Das Tor zum All, aus dem die göttlich' Kraft her schwingt und spielt und färbt und schmücket mein' Gesang. Es perlen meine Töne, runden sich zur Fülle, je mehr ich mich in deine Augen senke. Ich kann jubeln. Hell und voll. Nennt man das Frohlocken? Jauchzen? Du Blumentopf-Maria, Mandorla-Madonna, Liebe du, so hab ich noch nie gesungen. -ton und -aria im Duett, so … einfach schön. Tolles Feeling! Danke dir für deine Unterstützung!"

Mühlenstiege

Ihre Füße schmerzten im Alltag zusehends mehr, die Bänder am rechten Knöchel waren gedehnt, die Ballen wölbten sich hässlich heraus. Wenn es ihr auch so vorkam, sich in einem Raum zwischen oben und unten zu bewegen, keinesfalls jedoch zu schweben, schmerzten ihre Beine, gleichsam als ob sie vom Lufttreten noch mehr beansprucht würden als vom Gehen auf fester Grundlage. Unzufriedenheit und Zweifel an ihren Aufgaben, den Beruf und die Familie betreffend, zerrten sie hin und her. Ausgereift war die Zeit, Entscheidungen zu treffen. Die Füße mussten den Erdboden erobern, sich platzieren, sich dort breit machen, Stabilität finden. Oben war die Luft dünn geworden, das Firmament hatte sich abgesenkt. So ließ sie sich in schmerzhafter Operation die Füße richten. An den ersten Tagen glaubte sie, die ganze Blutmenge ihres Körpers spritze aus allen Adern aus ihr heraus; bei jedem Schritt war ihr bewusst, wie hart der neue Gang werden würde. Spielte ihr Körper nun mit, dessen Wehrufe so lange schon verhallten? Fand er sich zurecht in der Wirklichkeit? Was wollte sie? Sie ließ sich Zeit, um es herauszufinden, doch, ja! Auch eine geistige Bluttransfusion war vonnöten.

Nachdem sie ihre Arbeit aufgekündigt hatte, in bequemen, flachen Schuhen war sie vorstellig geworden, fand sie eine neue Betätigung als Reiseautorin für ein Kulturmagazin zu annehmbaren Bedingungen.

Endlich hatte sie sich befreit von den ekklesialen Zwängen. Zu Gott, der sie erfreut von Jugend auf, war sie aber noch immer unterwegs, jetzt aber den Fronleichnams-Schutzhimmel verlassend, unter freiem Himmel. Die familiären Schwierigkeiten waren damit nicht gelöst. Im Gegenteil, sie schienen vermehrt. Die Kinder motzten, weil sie so oft weg war. Frieder unterstützte Wendelgards Tun, involvierte sich gleichzeitig intensiv in die Betreuung von Luz und Clara. Arztbesuche, Elternabende, Lehrergespräche, Hobbyveranstaltungen, Partys: Er meisterte alles mit Bravour. Wendelgard empfand sich zuweilen als Störenfried im Vater-Töchter-Kreis. Das Gefühl war ihr unangenehm, ja es traf sie, verwundete sie. Wollte sie doch eine perfekte Mutter sein, so sehr wie sie ihre Kinder liebte. Spürten die beiden, dass sie sie liebte? Liebte Frieder sie mehr oder richtiger? Die Arbeit lenkte ab, erfüllte sie gänzlich. Zudem brauchten sie ihren Verdienst, da Friedrich noch mit dem Aufbau seiner beruflichen Tätigkeit beschäftigt war. Um alledem gerecht zu werden verdoppelte sie ihre Anstrengungen und überforderte sich. Öfter reagierte sie nun gereizt und nörglerisch, verabscheute sich aber im selben Atemzuge selber. Was sie so gerne mit ihm tat, verkümmerte: die schönen Gespräche. Ihre Wünsche blieben stumm, sollte er sie doch erraten. Den Kindern las er auch die Wünsche von den Augen ab. Es schien ihr, als habe er sich urgemütlich eingerichtet im Familienbetrieb, während sie nur gelegentlich den Dreier-Bann durchbrach, wie ein geduldeter Eindringling.

„Hallo, Oma! Was wir machen? Mama arbeitet, Papa geht mit uns zum Schwimmtraining. Mama ist in Ägypten, Papa kocht gerade Spagetti für uns. Dann üben wir Rad fahren. Mama hat sich hingelegt, Papa geht mit uns Eis essen und danach … Brombeeren pflücken, Einmaleins üben, Füller kaufen, Haare waschen, kuscheln …"

Wendel fühlte sich nicht mehr geliebt von Frieder, nicht mehr richtig, innig, warm. Er tat zwar alles, um ihr den Alltag zu erleichtern, riet ihr auch, wenn sie ihn zu einem ihrer Artikel fragte, stand hinter ihr bei der Abwehr blöder Anmache von „lieben Mitmenschen", karrte sie zum Flughafen und machte Botengänge. Mehr Freund als Ehepartner, mehr Versorger als Liebhaber, mehr Intellektueller als Fühlender. Mehr kühl distanziert als wärmend nah. Mehr abgewandt als zugewandt. So erlebte sie ihn.

„Liebst du mich eigentlich noch?"

„Warum fragst du?"

„Mir kommt es so vor, als ob deine Gefühle für mich auf Eis liegen. Du hast in deinem Zimmer geschlafen letzte Nacht."

„Du hattest Kopfweh, da wollte ich dich nicht stören."

„Durch dein Wegbleiben hast du mich mehr gestört."

„Wie soll ich´s dir recht machen?"

„Wenn du´s nicht weißt."

„Wendelgard!"

„Ich glaub, ich lieb dich mehr als du mich."

„Wie kommst du darauf?"

„Vielleicht hätten wir nicht heiraten sollen. Vielleicht war´s ein Fehler."

„Was redest du denn jetzt?"

„Du warst meine große Liebe, ich nicht deine."

„Wieso?"

„Nun, du hast zuerst eine andere geheiratet, mich erst im zweiten Anlauf. Ich war sozusagen deine zweite Wahl."

„Nein, das ist nicht so!"

„Wie ist es denn?"

„Ich lieb dich, glaub es mir."

Sie glaubte es, wollte es glauben, weil sie so gerne glaubte. Es war sicher ehrlich gemeint von ihm, da war sie sich sicher. Aber begriff er nicht, was sie ihm auch sagen wollte: Sie war sich plötzlich auch ihrer Liebe nicht mehr gewiss, war in ihrem fraulichen Selbstbewusstsein getroffen. Ihre Lichtgestalt war angenagt von minderwertigen Zweifelsempfindungen. Dem musste sie sich stellen. Schönreden half da nicht. Es wurde eine tränenreiche Periode mit heftigen Schluckbeschwerden und Störungen im Herzrhythmus. Einige Gedichte entstanden, sie gab sie ihm nicht zum Lesen. Bei Freunden attackierten sie sich oft mit ironischem Schlagabtausch und es war ihr nicht wohl dabei, ihm auch nicht, aber das wusste sie nicht.

Friedrich investierte seine ganzen Kräfte in die Fürsorge für seine Kinder und Klienten so selbstverständlich, dass sie staunte. Er war nach allgemeinen Vorstellungen ein Vorbild. Sie ärgerte es, dass sie nicht mitziehen konnte, empfand sich egoistisch, wollte sich aber nicht ändern, war auch nicht beschämt. Sie dienten ihren Idealen auf verschiedene Weisen. Und doch, sie litt. Von klein auf schutz- und liebesbedürftig, vermisste sie seine persönliche Zuwendung in derselben Quantität, wie er sie den Kindern schenkte.

Schläfrig rollte der Bus durch das Wadi. Vier, fünf Autos parkten bereits am Ausgangspunkt der Wanderroute. Man konnte nicht ersehen, wie weit es bis zur Quelle war. Ein Zeitraum wurde festgesetzt für Hin- und Rückweg, los ging´s. Zunächst lief´s sich gut in dem breiten Geröllbett. Das Bächlein hatte an manchen Stellen seichte Wasserflächen gebildet, in denen es kaum Strömung gab. Massive Gesteinsbrocken säumten Ufer und Pfad. Bald verengte sich das Tal. Hohe Wände schlossen ein, das Auge wanderte die ausgewaschenen Bänderungen entlang, wetzte sich daran zu schärferem Blick, sprang Klippen hinauf und weitete sich mit dem im weißblauen Himmel mündenden Einschnitt. Dort erschienen drei Vögel mit großer Spannweite und verschwanden über dem Rand des Grabens. Adler? Die Hälse waren länger als bei Adlern. Also Geier. Aber - weiß der Geier - welche? Ein weißer Streifen querte das dunkle Gefieder. Wieder schwebten zwei herbei. Prächtige Geschöpfe! Sie konnte sich nicht satt genug sehen. Menschen störten die Vögel nicht da oben bei ihren Flügen. Wendelgard suchte nach ihrem Fernglas, nestelte es zwischen dem Tascheninhalt heraus - und erinnerte sich. Vor Jahren hatte sie Kondore - auch eine Geierspezies - über einem Berggipfel betrachtet, voller Gespanntheit wie jetzt.

Ein Tier flog die Bergkante an und senkte sich sacht auf einen Vorsprung herab. Obwohl sie Mühe hatte, klar zu sehen, verzichtete sie auf das Vergrößerungsglas, um keine Sekunde des Geschehens zu verpassen, denn jene Felsenplatte wurde gerade zum Ort eines wunderbaren Schauspiels von unvergesslicher Einprägungskraft. Gleichsam auf einer Hebebühne von aufsteigenden, warmen Lüften hochgetragen, befand sie sich zwischen Himmel und Erde - in between - und beobachtete. Der Vogel kam zum Stehen, verharrte mit den angewinkelten Arm- und Handschwingen über seinem Nest, regungslos in der Hingabe des Schutzes seiner Brut vor der brennenden Sonne. Schattenschwarz hoben sich seine Konturen gegen das Licht ab, wie zwei aufgespannte Zelte. Zwei Köpfchen rekelten sich einmal wackelnd über den Rand des Horstes.

Ergriffen von Rührung, stiegen Tränen in Wendelgards Augen. Welch archaisches Bild! So wachte Frieder über ihrer Brut. Wunderbar sein Tun! Schneidend aber der Schmerz in ihrer Brust: Wie weit unten war sie, wie weit entfernt von diesem Aufzuchtsidyll.

Frieder pflegte gute Kontakte zu Kollegen und Kolleginnen, traf sie auf Tagungen und in Pizzerien. Er sprach von dieser und von jener, bewundernd von einer. Wen störte es nicht, sie war nicht eifersüchtig, aber hellhörig. Gewiss, er war ihr treu, vielleicht mangels Initiative. (Gemein, so zu denken!) Jedoch hatte er sich einmal eingerichtet, so blieb er meist dabei. Aber in seinen Vorstellungen marschierte er ihr davon, das spürte sie, wenn er abwesend vor sich hinstarrte. Das nahm sie ihm nicht übel. Mit ihrer angeborenen Langmut überwand sie solche Krisenmomente.

Auch dass er sich öfter selbst befriedigte, ahnte sie. Warum konnte er nicht das sexuelle Glück mit ihr teilen, und warum konnte sie es nicht mit ihm, obwohl sie einst so unerschütterlich daran glaubte, es zu können?

Der Gesang der Hacke ist der Gesang des Lebens. Wie wahr einer hier gesprochen hat. Kalenderblattweisheit. Die Schönheit des Lebensstoffes suchte sie und muss sich nun mit zerschlissenen Fetzen zufriedengeben. Entpuppt hatte sich das lindgrüne Wiesenblumenkleidchen als Wendekleid und stellte sich nun außenwendig als blasser, funktioneller Arbeitskittel dar. Ihn anzuziehen wehrte sie sich, wie sie sich einst der Sonnenhütchen verweigert hatte, und wusste dennoch, sie würde sich beugen müssen, um den Staub aus dem Haus wischen zu können.

Befrei von den morschen Planken das Brunnenrund.
Entferne achtsam den Unrat,
der in kargen Zeiten gekrustet.
Streiche mit heilender Hand die Runzeln -
gedulde.
Seelgesicht quillt aus den Tiefen herauf,
feuchtet belebend das Antlitz.

Nie zuvor hatte sie so viel über ihre Gefühle geschrieben wie jetzt. Das Schreiben half ihr, machte ihre Situation deutlicher, verhinderte aber zugleich die Aussprache.

Frauenkunde
dringt stumm aus den Poren.
Streift den Flügel der Schwalbe,
reitet auf einem sonnigen Strahl,
eint sich mit dem blumigen Öle des Flieders
und treibt mit der weißen, molligen Wolke
zu seinem Ohr?

Ganz auf sich konzentriert, entdeckte sie ihren weiblichen Körper neu oder zum ersten Mal wirklich. Berührte sich, streichelte sich, küsste alle Stellen, die sie küssen konnte, roch den Duft der Haut, öffnete sich sexuellem Begehren und suchte, sich selbst zu befriedigen. Es gab ihr Energie, vermehrte indes ihre Wünsche nach Liebe mit Frieder. Ihr äußeres Erscheinungsbild veränderte sich. Mit feurigbunten Kleidern, Schmuck, getönten Haaren - mal mahagoni-, mal kupferfarben - steigerte sie ihr Outfit als dem einer sinnlichen Frau in den besten Jahren. Mit Mitmenschen konnte sie lockerer, weicher umgehen. Frieder reagierte nicht, nahm sie wie immer, war freundlich. Der vermeintliche feste Boden, wo war er? Lief sie nicht eher auf einem schütternden Gangway? Noch nicht angekommen war sie, unten, bei ihren Lieben.

Auf einem ihrer Auslandsaufenthalte betrog sie Frieder, brach die Ehe. Bewusst entschied sie sich dafür, wachen Geistes, nicht im Augenblick einer Schwäche. Sie wollte Frieder damit treffen. Es war ein körperliches Aufbegehren gegen seine Gleichgültigkeit. Einen Punkt setzte sie, leibhaftig. Für ihn und viel mehr noch für sich. Sie wollte schuldig werden. Wollte ihre Schwäche fühlen. Wollte zu Kreuze kriechen. Herunterstürzen von der Tugendleiter, die sie so hoch gehängt. Einfach fallen von den Stufen, sinken, unten sein. Zugleich bereute sie unendlich ihr verletzendes Tun. Merkwürdig, dass Gott ihr dabei so nahe war, als sie anfing zu begreifen, was Mensch- Sein ist. Er war von der Spitze des Treppenhauses, der Laterne, die Wendeltreppe heruntergekommen, um Wohnung in ihrem Erden-Ich zu beziehen. „Zu Gott, der in mir lebt."

Für Frieder brach die Welt zusammen, als sie ihm erzählte, was sie getan. Er konnte ihr verzeihen, weil er ihre Liebe sah. Die hatte sie nicht verraten, vielmehr ihren Stolz auf sich und ihr erstrebtes, schattenloses Dasein.

„Fürchte dich nicht vor den Schatten in dir, befreie dich von deinen alten Fesseln!", riet ihr das erledigte Krafttier.

Und wieder lagerten sie in der großen, fleischigen Hand der Liebe.

Nach einer Biegung der Straße, die sich vom Tal zur Anhöhe hochschob, ragte die Kathedrale in ihrer Gänze vor ihr auf. Lediglich der Turm war zuvor schon gesichtet. Um sie gut in den Blick zu bekommen, stellte sie sich auf die Straßenmitte. Vor diesem Baukomplex stand sie schon einmal in einem Traum. Damals identifizierte sie das Gebäude allerdings nicht als die Kathedrale Sainte Marie-Madeleine von Vézelay. Die graue Steinmasse mit dem Zeigefingerwestturm breitete sich einsam gegen den Himmel aus, die dunstigen Wolken strichen darüber, die Stimmung trübte, floss zu ihr hin und raunte, hier würde sie etwas ausgesetzt werden, was nicht angenehm sein würde. Hier, wo die Gebeine der heiligen Sünderin (vermeintlichen Sünderin) seit dem 12. Jahrhundert ruhten, erwartete sie ... im Traum hatte sie eine ungute Stimmung aufgeweckt.

Ohne Acht auf die vielgepriesene, romanische Bauweise - sie hatte sich sorgfältig eingelesen - schritt sie wie unsichtbar geführt, schlafwandlerisch durch die imposanten Räume des Weltkulturerbes hinunter in die Krypta und befand sich vor der Statue der Heiligen.

Einige Menschen knieten oder lagen auf dem Boden in innigster Betrachtung. Wendelgard versuchte sich einzureihen in die Stille, die so laut schrie, dass sie im Blute dröhnte. Was sollte sie hier? Wie Kontakt aufnehmen? Wie sich öffnen dem heiligen Ort? Was preisgeben?

Sie wischte ihre Gedanken und Fragen beiseite, überließ sich einem spontanen, körperlichen Impuls, sank auf die Steinfliesen und streckte sich aus, den Kopf auf die Handtasche gestützt, neben einer jungen Frau. So verharrte sie, lange. Irgendwann bat sie Maria von Magdala um ein wenig Salbe aus ihrem Gefäß für ihr krankes, sturmumtostes Herz, um die Glättung ihrer brandenden Seele, flehte sie sie um das Verglühen ihrer unseligen Leidenschaften, um Reinigung, um die reine Liebe an. Die Heiligenfigur schaute sie an und blieb stumm und verhalten. Wendel hätte sie gerne berührt, tat es aber nicht. So stieg sie wieder hinauf, streifte wie abwesend durch das Hauptschiff, dessen architektonische Schönheit sie fast schmerzte, durch die Vorhalle mit den vielgerühmten Säulenköpfen.

Dann stand sie vor dem Kapitell mit der mystischen Mühle, sah hinauf zu dem Relief, dessen reduzierte, figürlich klare Gestaltung sie faszinierte. In konzentrierter Hingabe gibt der linke Mühlenarbeiter das geerntete Korn (oder sind es Trauben?) in den Mahltrichter. Mit wachem, prüfendem Auge fängt der rechte das Gemahlene im Behälter auf. Die Mühle leistet ihre Arbeit, das große Rad mit dem Achsenkreuz dreht sich. Es knirschen die Körner, es schnarrt das Mahlwerk.

So vieles müsste sie hier mahlen lassen, hineinschütten in die   brutale Maschinerie: ihre Luftschlösser von einem idealen Menschen- und Familienleben, die Erwartungen an Frieder in Bezug auf Liebes- und Zärtlichkeitserweisungen, ihre vermehrt auftretenden Verliebtheiten in Männer jeden Alters, denen sie zufällig begegnete, ihre Selbstbefriedigungen, die immer häufiger und entfesselnder abliefen, nachdem sie die Kundalini-Kraft rausgefordert hatte, ihre Abneigung gegen das stupide Zuhausesein, ihre kulturellen Ansprüche an die Kinder. Wahrhaft recht viel musste zermahlen werden. Es wird nicht an einem Tag geschafft werden, es wird Zeit brauchen, festen Willen, Disziplin, Einhaltung der Gebote.

Marie-Madeleine schaute sie von der Krypta her an: So ist das. Wer verwandelt werden will, muss leiden. Das ist der Preis für feinstofflicheres Leben. Der Meister selbst hat ´s vorgemacht, wurde gemahlen zum Brot und gekeltert zum Wein.

Draußen kaufte sie bei einer Frau ein Figürchen von Magdalena aus weißem Ton: eine junge Frau in langem Gewand, aus dessen Ausschnitt sich zwei kleine, runde Brüstchen hochwölben, offenen Haares, das in einen Umhang übergeht, und mit dem linken Arm ein Salbengefäß in die Hüfte stemmend. Besonders ansprechend ist für Wende das schelmische Lächeln, das sie abends auf dem Nachttischchen vorm Ausschalten des Lichts noch einmal anblinzelt, rätselhaft wie alles Heilige.

Im Urlaub verbrachten sie mit den Kindern schöne Tage im Nachbarland am Meer. Blaue Luft, spritzige, weiße Wellen, Fahrrad treten gegen das Gelb des Sommerwinds, lecker gebratener Fisch mit Grünsalat, rosawangige Gören, körperlich ermüdet am blauen Abend, nächtliches rotes Lieben des Paares. Wendelgard vergaß vorübergehend ihren Kummer und genoss die Tage.

Ein Ausflug zu einer nahen Windmühle auf dem Land war geplant. Sie war seit ihrer Erbauung ununterbrochen in Betrieb, immer noch die Windkraft nutzend. Alle hätten Spaß und Abwechslung nach einigen Strandtagen.

Am Rande des Dorfes, dessen Name auf Schweine oder eine Heilige zurückgeht, auf einer sanften Erhöhung, erhob sich der weiße, runde Steinbau mit seinem schwarzen Hut und den riesigen vier Flügeln. Sie drehten sich im Wind vor einem unruhigen Himmel. Vom Meer trieben schwarze Gewitterwolken herbei. Tapfer kämpfte die Sonne dagegen an, das Spiel der Naturmächte bezog ihr Inneres mit ein, als genüge ihnen nicht die Weite des Luftraumes. Die Bewegung draußen drang bis zu ihrem Herzen vor, es schlug heftiger und sprang unregelmäßiger.

Frieder war mit Clara und Luz vorgeeilt. Sie verharrte am Zaun, der Einfriedung des Mühlengeländes.

„Geht schon mal! Ich sammle noch ein paar Eindrücke."

Zwei Müllerburschen luden Kornsäcke von einem Lastwagen und schleppten sie zu der offenen, rundbogigen Tür, beobachtet von Frieder und den Mädchen, welche die Zögernde herbeiwinkten.

Die Winde ließen sich über der Mühle fangen, bündelten sich in den vier Flügeln, jagten jaulend durch die Flügelkanäle, schlugen aufeinander ein, verebbten langsam, schwollen mit dem Geheule mythischer Luftdrachen wieder an und droschen wieder und wieder auf das Holz, dass es krachte.

Wendelgard wurde es wind und weh bei dem Toben der mächtigen Schwünge. Unerklärlicherweise fühlte sie sich mitbeherrscht von den Windgeistern, spürte ihre Urgewalt mit körperlichem Unwohlsein. Ihre Drei waren gerade dabei, unter den Flügeln, die knapp etwas höher als in Mannshöhe über dem Sandweg endeten, um die Mühle herumzulaufen. Beim bloßen Anblick wurde ihr schwindlig.

„Halt, nicht ..."

Sie lachten und schwatzten. Der überzogenen Angstreaktion war sie sich bewusst. Völlig unrealistisch! Sich dagegen wehren vermochte sie aber nicht. Im Gegenteil sah sie sich immer enger in das Mahlgeschehen reingezogen, konnte nicht entfliehen und wollte es auch gar nicht, wollte sich der Wucht aussetzen, auch wenn es peinigte. Von wegen Mühlenspiel! Mühlendrama eher.

Mahlstatt als Richtstatt! Unter dem schaurigen Gesang der Flügel umrundeten ihre Lieben mehrmals die Mühle. Wie angewurzelt stand sie, konnte keinen Fuß rühren, wich bei jedem Passieren eines Flügels mit der Brust zurück. Frieder wunderte sich:

„Du bist doch sonst nicht so ängstlich."

„Ich weiß auch nicht …"

Klar wusste sie es. Das schlechte Gewissen schrie. Es drohten die Flügel, sie zu treffen, wenn sie es wagte, in ihren Lauf zu treten. Ändere dein Leben, än-, änd-, änder dich, krächzten sie bei jedem Rundgang. Ja, sie musste sich wandeln. Aufhören mussten die Seelenkämpfe. Diese ewigen Sehnsüchte und phantasievollen Entwürfe nach freiem Leben und geistigem Schaffen, bei Tag und besonders in Nächten, diese Gier nach Schönheit, Weisheit, Harmonie, nach praller Zukunft. Diese quälenden Gefühle von Unbefriedigtsein im Alltagstrott hinderten sie, jetzt ganz da zu sein für ihre Familie, für die sie sich entschieden hatte. Schuldete sie ihr nicht alle Aufmerksamkeit, allen Einsatz? Schuldete sie sich selbst nicht Ausgeglichenheit? Zerrte diese Disharmonie nicht gnadenlos an ihrer Gesundheit? Alltäglicher Rundweg unter den Turbulenzen war doch gangbar!

Zusammen erkundeten sie das Innere der Mühle. Hierzu lud der junge Müller ein, erklärte mit Geduld, in Hingabe an seinen Beruf.

„Sehen Sie den Mahlstein, ein Franzose (französischer Süßwasserquarz)."

„Da, der Läuferstein mit einem Gewicht von 1,5 Tonnen."

„Und hier der Bodenstein."

Wendel blickte gemischten Gefühls ins finstere Steinauge inmitten des Mahlsteins. Der schwergewichtige Läuferstein drückte auf ihr reuiges Empfinden und vergrößerte es. Ein Sack Körner wurde ins Mahlwerk geschüttet, sie rieselten flink hinein, ergeben dem Mahlknecht und seiner Arbeit, geleistet von Generationen seiner Sippe bis zu ihm. Ein harter aber wunderbarer Dienst, wie er sagte. Dem groben, ersten Mahlgang folgte ein zweiter.

„Bei mehrmaligen Durchgängen wird das Mehl immer feiner."

Seufzend begleitete Wendel ihr Knirschen, als würde sie selbst gemahlen.

„Doch auch die Steine, die so unaufhörlich quetschen und zerreiben, müssen ein- bis zweimal im Jahr vom Pickhammer beschlagen werden, auf dass sie wieder gute Arbeit leisten."

Das zu erfahren tröstete sie. A l l e s, was nützen will, muss sich dem großen Ganzen fügen.

„Dürfte ich den Mehlsack haben?", bat sie den Müller.

Er lachte und gab ihn ihr für ein kleines Entgelt.

„Wozu der Sack?", fragte Frieder.

„Als Andenken."

Sie wollte ihn ihrer Seele überziehen und sie mit Mehl bestäuben.

Kurze Zeit danach führte sie ein Auftrag nach Umbrien, in die Nähe von Assisi. Bei ihren bisherigen Besuchen der Stadt des von ihr so geliebten, heiligen Franziskus war sie nie dazugekommen, das Kloster Eremo Carceri weiter oben am Fuß des Monte Subasio aufzusuchen. Nun schloss sie sich nach Beendigung ihrer Arbeit einer Pilgergruppe an, die sich zu Fuß aufmachte. Während sie die letzte Steilstrecke schnelleren Tempos hinaufging, dachte sie mit einer gewissen aufgeregten Neugier an das Santuario, das Heiligtum.

Mittagshelle in den Augen, schritt sie durch die Pforte aus dem Hof der Sonne in die Eingangskapelle, in eine Sichtlosigkeit hinein, die sie geblendet tasten ließ. In der rechten Raumhälfte tauchte schattenhaft das Chorgestühl auf. Sie stieß grob ans Holz, packte die Leere des Zutritts und wandte sich benommen nach rechts, ganz vorsichtig bis zum letzten Platz an der Außenwand. Schwitzend keuchte sie wegen der angestauten Wanderhitze und der Anstrengung, eine Orientierung in dieser unangenehmen Dunkelheit zu bekommen, welche sie nun komplett umhüllte. Schwärze, dicht, undurchdringlich. Die Augen prallten mit ihrem Blick an ihr ab, hilflos, ohnmächtig. Ein Gefühl von tiefer Verlassenheit überlagerte sämtliche anderen Empfindungen. Langsam, in wie vielen Minuten konnte sie nicht ermessen, verschlang dieses bedrohliche Unfassbare um sie her ihre Ausdünstung und riss in Schüben die schwarzen Binden fetzenweise von den Augen, bis es ihr graute, doppelt graute, da sie die Finsternis erst jetzt begriff.

Wie die kaputte Lampe über ihrem Kopfe - so hübsch als Blütenkelch geschmiedet - ohne Birne des Sinns beraubt war, so saß sie und wartete, dass ihr wurde Sicht.

Irgendwann trat der Raum, der wie ein Abgrund gähnte, etwas deutlicher in seine Form. Ihr gegenüber lag die Apsis. Ein dickes Seil trennte sie, in der Mitte nur einen schmalen Eingang lassend, ab vom räumlichen Mittelteil, der endlosen Weg-Geraden, durch zwei Türen laufend. An Stirneswand, auf einem Ölgemälde, hing Jesus von Nazareth in seinem Leidensfleische. Auch er in Nacht getaucht.

Pilger wurden reingeschwemmt, schemenhaft bewegten sie sich auf dem Fließband der Frömmigkeit. Sie schauten auf den Menschensohn, beugten die Knie, bekreuzigten sich, standen kurz und stumm, flüsterten leise ganz geheime Grußesformeln oder harrten länger im Gebet. Manche warfen auch Blicke ins Dunkle, in dem sie saß. Sie fielen jedoch nicht weit hinein, sondern glitten ab an ihrer Abschottung, erkundeten nicht und wandten sich weiter. Nur zwei, drei Personen drangen zu ihr durch und zogen das Auge zurück, ließen sie.

Würde sie doch ein bekanntes Gesicht erspähen! Käme jemand her! Die Verzweiflung würde weichen. Wie Schattenspielfiguren huschten sie an ihr vorbei. Ihr Sehnen hielt sie nicht. Aufstehen wollte sie, laufen fort im Strom der Gläubigen, fassen eine Hand. Allein sich einzuschleusen fiel so schwer. In ihrem Leid sah sie des Raumes Achsen plötzlich klar, ein Kreuz: den Waagrechtsbalken mit der Pilgerstraße und senkrecht lief ein Balken durch die Öffnung, und an der Spitze dieser Glaubensachs´ litt Christus.

Ihr Herz sprach schnell und scheu zu ihm, sie wusst nicht welche Worte. Er lächelte gequält im fahlen Schimmer Golgotas.

„Hast du die Finsternis zu finden du gewagt, kannst auch das Licht du finden. Mit mir kannst beides teilen du.“

In Zwiesprach saß sie, bis die leere Ruh' sie nahm und mit ihren sanften Händen rausschob.

„Schenk mir das rechte Alltagsglücksgefühl“, bat sie im Gehen. „Ich möcht es spüren, so wirklich, wie das Graun der Finsternis ich greifen musste.“

Auf einem Stein abseits des Steinaltars, wo eine Pilgergruppe die Messe feierte, kauerte sie in Waldeskühle, und sie fror.

„Heile mich und schenk mir Wärme", bat sie wieder und ihre Seele weinte.

Und plötzlich traf, durch schwarze Baumesstämm´ sich brechend, ein Strahlenbündel ihr Gesicht, dass sie zusammenzuckte. Die Sonne hatte just bei ihr das Tor zur dunklen Schlucht gesprengt.

„Mama, wir schreiben ein Szenenspiel über die heilige Elisabeth von Thüringen in der Klasse."

„Schön! Wie macht ihr das?"

„Wir haben fünf Gruppen gebildet. Es gibt also fünf Szenen, die wir dann aufführen werden."

„Und an welchem Thema arbeitest du mit, Clara?"

„Wenn ich das wüsste! Wir sollen erst mal Themen sammeln und uns selber informieren. Wir sind nicht sehr motiviert."

„Oh, Elisabeth bietet wahrlich mehr als nur das Rosenwunder." Die Familie kannte Wendelgards Liebe zu den Heiligen, besonders die zu Franziskus und Hildegard. Disibodenberg und Bingen als die Wirkungsstätten der Äbtissin hatten sie miteinander aufgesucht. Süßsäuerlich reagierten Friedrich und die Kinder, wenn die Mutter einen neuen Heiligen ins Spiel brachte. Ebenso lagen ihr die Orte der Dichter am Herzen, die Geburts- oder Todesstätten. Natürlich erlebten Mann und Töchter die poetische Atmosphäre, anders als sie, nüchterner. Das tat der guten Sache, einem Stückchen Kultur zu begegnen, keinen Abbruch.

„Wie wär 's denn, wenn wir am Wochenende einen Besuch auf der Wartburg machten?"

„Mama, übertreibst du nicht? Hätte ich dir nur nichts gesagt. Du mit deinem ollen Kulturfimmel!"

Frieder fand den Vorschlag gut. Luz auch. Sie hatten schon länger keinen Wochenend-Trip mehr miteinander gemacht. Sogar Clara zeigte sich nach anfänglichem Zögern einverstanden. In gelöster, vorfreudiger Stimmung verliefen die Vorbereitungen. In der Jugendherberge, der Vorliebe der Töchter wegen, hatte Fried Zimmer bestellt, Wendelgard hatte ihre Kenntnisse über Elisabeth aufgefrischt, und die Mädchen hatten gepackt.

Oben auf der Wartburg bei Eisenach angekommen, vermied sie, Erklärungen abzugeben. Sie schlug vor, sich führen zu lassen. Damit waren alle einverstanden. Weil noch zwei Führungen im Gange waren, mussten sie warten. Eingangs, an der niedrigen Mauerbrüstung, standen sie, von wo man einen guten Überblick über die Burggebäude hatte.

Der Vater scherzte mit den Teenies, sie quasselten und neckten sich, schielten nach anderen Besuchern, besonders natürlich nach Jungen ihres Alters. Er wickelte die Äpfel und Käsebrote aus, schraubte die Thermoskanne auf, füllte die Becher. Sie schmausten und scherzten zusammen, eingeschworen aufeinander, wie immer: Frieder selbdritt.

Wendelgard war unter ihnen, vernahm ihr Plaudern und war zugleich entglitten in eine Szene am gleichen Ort vergangener Zeit:

Elisabeth, die Landgräfin, wie sie sie aus einem berühmten Elisabeth-Bilderzyklus kannte, stand hier an der Mauerrundung. Hier hatte sie ihren Gemahl unter heißesten Tränen verabschiedet, war dann noch eine Tagesreise mit ihm gereist auf seinem Kreuzzug ins Heilige Land, zu dem sein Kaiser Friedrich II aufgerufen hatte. Ihr Herz ahnte seinen Tod voraus, schon jetzt von verzweifelter Pein geschüttelt.

Nachdem er bald unterwegs an einem heimtückischen Fieber verstorben war, beerdigte man ihn in fremder Erde, exhumierte ihn schließlich wieder und überführte ihn in die Heimat. Vor ihren Augen wurde der Schrein geöffnet. Sie sah die toten Gebeine ihres geliebten Ludwig und küsste sie.

„Könnte ich ihn wiederhaben, so wollte ich ihn gegen die ganze Welt eintauschen, selbst wenn ich mit ihm betteln gehen müsste", sprach sie.

Seine Leichenflecken küsste sie, seinen verwesenden Leib, den sie so sehr geliebt hatte, seinen schönen Leib, der ein Herz voll Mannesliebe, Güte und Großmut umschlossen hatte.

„Ihrer beider Herzen hatten sich in süßer Liebe miteinander so verbunden, dass sie nicht lange voneinander getrennt sein mochten", sagt die Chronik.

Das Witwenschwarz fesselte zwar ihre Leidenschaft, die Ludwig so an ihr mochte. Aber ihre Liebe wuchs ins Unverständliche, überwand sogar die stärksten menschlichsten Gefühle von Ekel und Abscheu.

Nach dem Verblassen der Szene hatte Wendelgard die Botschaft begriffen:

„Liebe deinen Mann, auch seine Leichenflecken! Liebe auch die deinigen!"

In der Elisabethgalerie erklärte die Führerin die Fresken von Moritz von Schwind. Aufmerksam lauschten die Mädchen. Bei dem Gemälde „Elisabeths Abschied von Ludwig" flüsterte Clara etwas verschämt:

„Die muss ihn ja arg geliebt haben, so wie sie an ihm hängt!"

„Du hast recht. Wenn du willst, erzähle ich dir von dieser Liebe. Mehr als ihren Dienst an den Armen, worin die Christen ihre Heiligkeit begründet sahen, schätze i c h diese ihre Frauenliebe."

„Gut, Mama. Nachher, draußen an der Mauer."

In ihrem Theaterspiel spielte Clara die Elisabeth, wie sie von ihrem Manne Abschied nahm, bevor er mit Ross und Rittern in den Tod zog.

Ebenerde

Ernst war es ihr mit ihrer Wende. Sie übte, ihren Gedankenstrudel zu verhindern, ihn abzuschwächen in ihrem Alltagsgeschehen. Durch tägliche Meditationen stellte sich ein Abnehmen des inneren Wellengangs ein. Die Gefühlsflut wurde gemäßigt von einer sanften, kühlen Brise. Der Kinder Entwicklung nahm sie stärker wahr. An der Schwelle zum Erwachsenwerden hatten sie sich vom Elternhaus abgenabelt, eigene Wohnungen bezogen, Freunde gewählt. Alles passierte, wie es natürlicherweise vonstattengehen muss. Luz war die Stillere, suchte die größere Distanz und mied auch eine feste Bindung an einen Partner. Diesbezüglich aktiver verhielt sich hingegen Clara. Sie absolvierte mehreres gleichzeitig: Ausbildung, Heirat und Kinderkriegen.

Nachdem Luz zur Forstwirtin avanciert war und einige Zeit gearbeitet hatte, teilte sie eines Tages mit, dass sie auswandern wolle. Ein fernes Land im südlichen Pazifik hatte es ihr angetan. Das Leben in noch weitgehend unberührter, wunderbarer Natur, mit bodenständigen Menschen einer „starken" Kultur, wäre nach ihrem Sinn. Sie habe alles gründlich recherchiert und in die Wege geleitet. Eine Arbeit habe sie auch schon, Rangerin in einem Gebiet, dessen Vegetation durch die Schafzucht sehr gelitten habe und jetzt einer Aufforstung bedürfe. Kurz und knapp die Mitteilung: Ich gehe.

Friedrich fand eine Zeitlang keine Worte. Als er sich etwas gefasst hatte, redete er abratend lieb auf sie ein, während Wen Verständnis, ja eine gewisse Freude über das Vorhaben ihrer Jüngsten zeigte.

„Ich finde es toll, Luzi, dass du aufbrichst, die Welt zu sehen."

„Ja Mama, nicht wahr, du vermisst mich nicht."

„Wie kommst du darauf, Luz?" Wendelgard war konsterniert.

„Du hast dich doch nie richtig für mich interessiert."

„Was sagst du da, Luz?"

„Du hast doch nur immer deine Arbeit im Sinn gehabt und dich mit deinen Problemen befasst."

„Aber Luz?"

„Wenn ich dich gebraucht hatte, warst du unterwegs oder an deiner Schreibmaschine und hattest gerade keine Zeit."

„Das stimmt nicht, Kind. Ich habe ..."

„Was? Mich geliebt?"

„Ja, dich geliebt, um dich gebangt, als du so krank warst und fast an dem hohen Fieber gestorben wärst, als du ..."

„Lass Mama!", würgte Luz die Mutter ab.

„Du warst in meiner Pubertät nicht richtig da. Wenn Papa nicht gewesen wäre! Er war in der Schule bei den Lehrern. Er war mit mir beim Arzt. Er brachte mich ins Training, zu den Partys. Er … ach, was sag ich."

Luz' Stimme steigerte sich. Sie schrie all ihren Frust und ihre Verletztheit aus sich heraus und knallte ihr die Vorwürfe nur so um die Ohren. Am Ende des Ausbruchs weinte sie furchtbar und Wendelgard glaubte, an ihren eigenen Tränen zu ersticken. Es schnürte ihr so die Kehle zu wie noch nie zuvor bei einem schrecklichen Anlass.

Frieder äußerte sich nicht. Schwieg. Hörte Wendels Fragen an, schwieg. Wusste nichts zu sagen oder wollte nicht. Es war ihre Angelegenheit, das wurde ihr schnell klar. Sie musste damit fertig werden. Aber wie?

Von einer Sekunde zur andern stürzte ihr Ego-Haus in sich ein. Die Trümmer zerschlugen ihr mit brachialer Gewalt alle Knochen. Sie türmten sich zu einem kleinen Hügel auf und vergruben unter sich das Herz. Und obendrüber schwebte ihr Kopf, der blind in eine Katastrophe blickte. (Magritte, der surrealistische Maler, den sie bewunderte, hätte das Geschehen ins Bild bringen können.)

Sie hatte dieses Kind geliebt, schon in der Schwangerschaft sich so auf es gefreut. Fühlte sich so inniglich mit ihm verbunden. Drei Wochen vor der Niederkunft hatte sie im Traum das Mädchen in ihrer Fruchtblase gesehen mit seinem späteren Kleinkindsgesichtchen. Es schaute angstverzerrt nach oben ins Licht, da es unten von Dunkelheit umgeben war. Die Fruchtblase schien in eine Höhle überzugehen. Wendelgard konnte sich das Bild nicht deuten. Um ihre Besorgnis einzudämmen, schlug sie Frieder den Namen Luz vor, Licht, gleichsam als ein Schutzschild für das vielleicht von dunklem Schicksal bedrohte Kind.

Als Luz drei Jahre alt war, machten sie Urlaub an einer Meeresküste im Süden. Entspannt saßen alle auf der Terrasse des Ferienhauses, Freunde waren gekommen. Man erzählte sich gut gelaunt, trank Kaffee, aß von köstlichen, kleinen, süßen Törtchen, genoss die Sonne, während die Leute in der Heimat in einem regenreichen Sommer froren. Clara spielte mit den gleichaltrigen Jungen der Freunde und merkte plötzlich, dass Luz nicht da war.

„Mama, wo ist eigentlich Luzi?"

„Luzi? Spielt sie nicht mit euch?"

Allen blieb der Bissen im Halse stecken. Frieder und Wendelgard sprangen auf und rannten den Weg zum Strand hinunter, laut nach der Verschwundenen rufend. Die anderen folgten, ebenfalls laut kreischend.

Siedend heiß vergegenwärtigten sie, dass es einige Löcher im Felsenstrand gab, durch die ein zartes Kind ohne weiteres hindurch fallen konnte, hinunter in Hohlräume, die sich durch das ewige Scheuern des Wassers gebildet hatten. Wendelgard hatte beim ersten Entdecken eines solchen Loches erschrocken die mögliche Gefahr gesehen. Sie hatten Luz eindringlich verboten, allein zum Strand zu gehen und sich vorgenommen, gut auf sie zu achten, da sie noch viel zu klein war, um Verbote einzuhalten.

Eine Gruppe von vier Halbwüchsigen kam ihnen aus einer Entfernung von zweihundert Metern entgegen; einer trug Luz, unbeschadet. Sie hatten das Mädchen schreien hören und es aus dem Loch gezogen. Wie anstrengend das gewesen war, vernahm Wendelgard nicht mehr. Frieder musste ihr das später immer wieder berichten. Luz schaute sie nur mit großen, ernsten, nassen Augen an und barg das Köpfchen an ihrer Brust, aus der die Dankbarkeit in unendlichem Ausmaß floss. „Zu Gott, der mich gerettet von Jugend auf ..." In der Nacht, über dem Bettchen gebeugt, dämmerte ihr der Traum, den sie nun verstand.

Und nun klagt dieses Engelchen sie mangelnder Fürsorge an. Was ist geschehen? In ihrem Scherbenhaufen saß sie, von Leid und Selbstvorwürfen gequält. Tränen liefen unaufhaltsam zu ihrem verquollenen Murmeln der ihr von Kindheit an so lieben Pfingstsequenz, dem einzigen Gebet, das sie zu sagen noch fähig war:

„Veni Sancte Spiritus,

Komm, o Geist der Heiligkeit

aus des Himmels Herrlichkeit,

tröste den, der trostlos weint,

wasche, was beflecket ist,

heile, was verwundet ist,

beuge, was verhärtet ist …"

Wie konnte ihr das widerfahren? Sie sei keine gute Mutter gewesen! Was sie um alles in der Welt hatte sein wollen, eine gute Mutter, war ihr nicht gelungen. Sie hatte versagt, wie ihre eigene Mutter!

Konnte sie Luz widersprechen, wenn diese es so fühlte? Konnte sie ihr diese Gewissheit ausreden? Mit welchen Argumenten?

„Tröster in Verlassenheit,

komm der Herzen Licht und Ruh …"

Ja, sie hatte versagt, hatte zwar Liebe gehabt, aber es nicht geschafft, sie mit Hand und Mund, mit Wort u n d Tat spürbar werden zu lassen. Mit dieser Erkenntnis befand sie sich nun ganz am Ende ihrer Erfolgsleiter, weit, weit unten, es fehlte nur noch eine Planke nach unten in die Unterwelt, zur bodenlosen Unerträglichkeit, dem Tod.

„Komm, o guter Seelenfreund,

ohne dein lebendig Wehn

nichts im Menschen kann bestehn,

nichts kann schuldlos in ihm sein."

Nach ein paar Tagen kam Luz, wie immer, ohne Anzeichen von Befangenheit. Wendelgard setzte sich mit ihr hin, schaute sie liebevoll an, nahm ihre Hand und sprach zu ihr, mit wackeliger Stimme:

„Luz, dass du mir solche Vorwürfe gemacht hast, hat mich sehr betrübt. Wenn du jedoch so fühlst, ist es dein gutes Recht, mir das zu sagen. Ich nehme es dir nicht übel und akzeptiere es. Es tut mir nur sehr leid, dass ich dir meine Liebe nicht besser vermitteln konnte. Ich kann auch nichts mehr nachholen. Dass ich mich mit dir auf dein neues Leben im fremden Land freue, heißt nicht, dass ich dich los sein will. Du weißt, wie gern auch ich mich in der Welt bewegt habe, aus Neugier, aus Wissensdurst, aus Abenteuerlust. Da hast du mehr von mir mitbekommen als du weißt."

„Ja, Mama, das meinte ich auch nicht … wirklich", warf Luz ein und schaute sie mit neuen, wachen Augen an. Sie schwiegen eine ganze Weile.

„Dann ist es ja jetzt gut", sagte Luz.

„Labsal voll der Lieblichkeit!"

Einen schönen Geburtstagsfrühstückstisch hatte ihr Fried bereitet. Rote Rosen vom Rosenbäumchen im Garten prangten neben einer Kerze. Als Wendelgard kam, brannte sie schon. Er umarmte und küsste sie, wünschte ihr Glück und Gesundheit. Mit feuchten Augen hielt sie ihn eine Weile umfangen. Sie hatte doch alles Glück.

Die Eier brauchten noch einige Minuten, so vertiefte sie sich ein wenig in Frieders Geschenk, ein Bändchen mit Liebesgedichten von Heinrich Heine, den sie in letzter Zeit gerne las. Sogar Croissants hatte er schon besorgt und ihre Lieblingsmarmelade aus dem Keller geholt. Quittengelee, von ihr gekocht, dessen Süße und Säure so unvergleichlich harmonisch sich verbinden. Die Kanne war gefüllt. Heute mit Rotbuschtee. Was für ein herrlicher Tag im Altweibersommer! Morgens frisch, dann immer mehr sich erwärmend und gewiss zur Nacht sich abkühlend. Wie das Leben so die zweite Augusthälfte.

Sie hatte ein neues Kleid angezogen und Frieder lächelte:

„Siehst jung aus."

„Gefällt es dir?"

Ja, es gefiel ihm. Er sagte, es erinnere ihn an eines von früher. Sie hatten es kurz nach Claras Geburt gekauft. Knallrot war es gewesen und hatte ähnlich stilisierte, weiße Rosen wie dieses. In Pfingstrosenrosa getaucht, war dieser Schnitt jedoch lockerer.

„Luz hat das rote Kleid an sich genommen. Sie mochte es."

„Luz, was sie wohl gerade tut?"

„Ich denke, sie arbeitet im Forst oder hilft Pat bei seiner Arbeit."

Mit Dankbarkeit hatten sie zur Kenntnis genommen, dass Luz einen Partner gefunden hatte, der ihrem Wesen verwandt war: ein Imker, der einen speziellen Honig herstellte aus dem Blütennektar eines nur dort ansässigen Strauches. Begeistert von seiner Wirksamkeit, hatte Luz ihr geraten, ihn als Medizin für ihre ständigen Infektionen zu probieren. Dem guten Rat folgend, besorgte Wendelgard den köstlich schmeckenden Seim im Reformhaus, denn sein Ruf hatte mittlerweile auch das Abendland erreicht. Regelmäßig nimmt sie ihn.

„Wir werden uns ja bald selbst ein Bild seines Betriebes machen können", meinte Friedrich.

„Ja, werden Pat kennenlernen und unsere Tochter wiedersehen, unsere streitbare Luz", fügte Wendel hinzu. - „Und du, mein Lieber, wirst zum ersten Mal in deinem Leben fliegen!"

Am Nachmittag kommt die zehnjährige Enkelin Fee als Erste der Gäste zum Gratulieren. Wendelgard wandelt in ihrem Rosenkleid im blühenden, kleinen Garten umher. Auf den schmalen Pfädchen sicher schreitend von Dahlie zu Dahlie, von Rose zu Rose, berührt sie die Blumen und sagt ihnen, wie herrlich sie in der warmen Augustsonne leuchten.

„Nun aber kommt meine andere Augenweide", flüstert sie ihnen zu, „meine Fee."

Fee wirft sich ihr um den Hals und wünscht ihr alles Gute. Chic findet sie das neue Kleid, vermisst aber Schmuck und schlägt der Omi vor, einen auszuwählen. Wo die beiden Schatullen stehen, weiß sie und fragt: „Silber oder Gold?" Für Silber wird entschieden. Aus dem braunen Kästchen. Das Mädchen findet, man könne den ganzen Schmuck in einem Behältnis unterbringen und somit eines sparen. Sie könne es gut verwenden für ihren eigenen. Falls nicht, würde sie es gerne mal erben, weil es so schön ist.

„So, so, du willst es bald geschenkt haben", lacht Omi. „Was soll ich dir denn noch alles vererben?"

Fee legt ihr die Kette mit dem ovalen Perlmutt-Medaillon um (gekauft nach dem Verlust des ersten Anhängers am fernen Ozean), streicht über die glatte Oberfläche, klickt es auf, betrachtet das winzige Foto mit den drei Enkelkindern, nickt und schließt es.

„Euer Haus möchte ich gern erben. Ich find's so schön. Ich hab sogar schon überlegt, wie ich mich da oben einrichten würde."

„Oben …, du willst hinauf …, mal sehen, wie alles kommt."

„Habt ihr schon die Fotos von unserem Urlaub?"

„Ja, die CD ist fertig."

„Komm, wir gucken sie schnell an. Der Tisch ist ja gedeckt."

„Nicht schnell, sondern langsam, papillon."

Fee lächelt.

„Ach, war das schön auf der Insel, ich ganz allein mit euch, ohne Mia und Luc!"

Sie sehen das Pferdetaxi, wo Fee neben dem Kutscher sitzen durfte, das Fischbistro, wo auf ihrem Fischgericht immer ein buntes Meerestier aus Plastik steckte, das alte Wäldchen, hinter dem der kleine See lag, der leider unzugänglich war.

„Richtig doof war das! So weit wandern und dann nicht hin können."

„Ja, richtig doof!", lacht die Großmutter und das Sonnenkind juchzt mit.

Im eiskalten Januar darauf, am letzten Tag der Raunächte, fährt Wendelgard zu ihrer sterbenden Mutter. Das Heim hat sie und ihren Bruder zu spät informiert. Ihre Mutter liegt schon seit zwei Tagen im Todeskampf. Diesen mitzuerleben hat ihr ein Wundmal ins Herz gebrannt. Wenn sie es in späteren Jahren berührte, wurde ihr der Mutter Sterben gegenwärtig. Dann las sie ihre Aufzeichnung, um dieses nicht zu vergessen:

„Hilfe! Hilfe!", dringt es aus dem Zimmer durch die offene Tür in den Flur, den ich, aus dem Aufzug tretend, begehe.

Die Stimme lässt mein Herz krampfen. Ich habe sie so noch nie von meiner Mutter vernommen. Es gibt Säuglingsstimmen, Kinderstimmen, Tonfälle von Jugendlichen, Erwachsenenstimmen, Greisenstimmen, und eben diese: eine von Todespanik geknebelte, ins Nochleben hineingeröchelte Stimme. Alle Lebensalter klingen mit in diesem Schreien: das Kind, die junge Frau, die Ältere. Es vibriert, zerspringt an den Wänden und klirrt wie spitze Splitter auf den Boden.

„Sie halluziniert halt eben, wie das am Schluss so ist. Kriegt nichts mehr mit", sagt jemand. Man lässt sie also gellen.

„Sie schreien mechanisch. Hat nichts zu sagen."

Man hört sie lärmen, nebenbei. Neben seiner Arbeit. Es ist Alltag, man wird abgestumpft. Nach der Frühstückspause guckt man mal nach ihr, oder die nächste Schicht kann ´s machen. Und zwischendurch ersticken die Hilfelaute zu amorphen Jeremiaden in unendlich vielen Minuten des Alleinseins. Und dies im Angesicht des Schattens an der Wand, auf der Decke, am Bettgitter.

„Hilf mir, Mama!", fleht die fast Hundertjährige.

„Mama, i c h bin da. Wendelgard."

„Schlafen, schlafen", schleudert sie durch das zahnlose

Mundloch und starrt mich an, ein Auge halbgeschlossen. Die Arme greifen mich und halten fest. Ein Arm krallt sich an den Gitterholmen fest und lässt sie los und packt und lässt und fasst und grapscht ... und lässt.

„Hilf mir! - Sie kommen!"

Die Namen der Verstorbenen ihrer Familie lallt sie, würgt sie aus dem trocknen Schlund, über die kleine, graue Zunge. Silben bleiben an ihr kleben. Wortruinen verhallen, noch ehe sie gut hörbar verlauten.

„Sie kommen, um ... Was sage ich ..."

„Sie kommen, weil sie bei dir sein wollen, deine Mutter, dein Vater."

„Weh, hab Weh."

„Wo hast du Weh? Sag's mir!"

Sie zerrt die Decke beiseite und fährt mit den Hungerfingern den ganzen Leib hinab. Ich massiere sie sanft. Sie stöhnt weiter, etwas leiser. Ich fahre fort.

Ein Hustenanfall schüttelt sie hoch, sie kommt hinter den Atem und reißt die Augen weit auf, mit entsetztem Blick mich bittend, ihr zu helfen.

„Ich sterbe, ich sterbe. Hilf mir!", hechelt sie.

„Ich helfe dir. Ich helfe dir, Mama. Ich bleibe bei dir. Hab keine Angst."

„Aufstehn, raus, aus dem Bett!"

„Mama, du bist zu schwach dazu. Ich bleibe hier und halte dich."

„Hilf mir … aus dem Bett!"

Wieder ein Erstickungsanfall. Ich drücke die Notruftaste, bin verzweifelt und panisch.

Nach einer gefühlten halben Stunde kommt eine Schwester und fragt nach. Ich schüttle nur den Kopf, weiß nicht, wie formulieren, was mich so grauenhaft bewegt. Sie geht, da Mama gerade für einen Augenblick ruhig ist.

„Schlafen, schlafen!", blökt sie.

Ich streichle ihren Kopf, gleite über die weißen, gelockten Haare, über die feine Nase, über die Stirn. Sie ist heiß und ich lege einen nassen Lappen drauf. Das tut ihr gut.

Sie zieht mich an sich und vergräbt den Kopf in meiner Brust. Eine Umarmung, verwundere ich mich, so selten von ihr bekommen. Tränen quellen mir aus den Augen. Heiße.

„Das hätte … doch nicht … sein müss…", holpert sie.

Was, denke ich. Meint sie, dass ich von so weit her gekommen bin? Die Schwester bringt etwas zu trinken.

„Warme Milch mit Honig", sagt sie. „Das mag sie gern."

„Ein Beruhigungsmittel wäre besser, Schwester, bitte!"

„Es gibt keine ärztliche Anordnung dafür."

Ich drücke mein totales Unverständnis dafür aus, völlig aufgelöst, ratlos.

Dann flöße ich Mama einen Schluck ein. Sie will schlürfen, kann aber nur mühsam schlucken. Ein paar Tage schon verweigerte sie das Essen und Trinken. Jetzt will sie. Strengt sich an. Ein Schluck, noch einer, ein dritter sickert als weißer Strahl die Mundwinkel hinab. Kraftlos sinkt sie ins Kissen.

„Das magst du so gern. Weißt du noch, wie du uns als Kinder abends diesen Schlummertrunk gekocht hast, wenn wir erkältet waren."

Sie lächelt plötzlich. Ein kostbarer Moment. Das Lächeln verzaubert für eine Sekunde ihr gemartertes Gesicht zu einem heilen Antlitz. Dann huscht es langsam weg, wie das Licht dem Schatten weichen muss.

Von ihrem Elternhaus erzähle ich, von warmen Sommertagen, als wir auf der Treppe zum Hof saßen, spielten, lachten und schwitzten, obwohl sich die Weinranken über uns am Spalier zu einem grünen, dichten Dach wölbten. Wie ihre Mutter uns die Limonade reichte und ihr Vater die Stallhasen tränkte. Sie nickt.

„Das war eine schöne Zeit für dich." Sie nickt. „Ja", haucht sie.

Wieder klumpt sich der Schmerz in ihr zusammen und zerrt an allen Fasern. Sie schnaubt und windet sich zur Seite. Ich stütze sie und weine, weine, wie schon die ganze Zeit. Warum reicht man ihr keine Beruhigungstropfen gegen die Todesangst?

Aufmerksam blickt sie mich an und klammert sich um mich. Unsere Gesichter liegen aneinander und spenden sich ein wenig Trost. Hin- und hergeworfen in dem unvermeidlichen Endkampf wimmert sie, keucht sie, wehklagt sie erbärmlich wie eine zur Beute hingestreckte Antilopenkuh.

Mitleiden und nichts wenden können. Erbarme dich, Gott, erbarme dich deiner armen Kreatur! Warum müssen wir so leiden, eh' wir sterben? Warum überhaupt sterben, wo wir doch leben möchten? Warum sind wir so einsam diesem Ende ausgesetzt? Warum gesellt sich Todesangst zum Sterben? Es könnte doch auch ihrer statt Vorfreude auf ein neues Leben in uns auferstehn? Das schöne Gerede von einem friedlichen Tod, hier spricht es Hohn.

Durchhalten. Sie muss es auch. Muss bei ihr bleiben, mitgehen ihren Leidensweg. Darf nicht versagen. Jede Minute dauert eine Ewigkeit, die Zeiger der Uhr spotten meiner. Ich hasse die Zeit ich hasse das Leid, ich hasse dich Schöpfer, dass du uns so geschaffen, so sterblich. Wehen am Anfang, Weh am Ende. Mein Gott! Ich ringe mit dir um meinen guten Glauben, den du gerade ausrenkst. Bis die Morgenröte aufsteigt wird der Kampf sich hinziehen. Ich lasse dich nicht los, bis du uns segnest, uns erlöst.

„Hilf mir, hilf mir doch. Er kommt. Sie kommen. Schlafen, schlafen. Das Licht … tut weh … Ausmachen."

Düster ist es im Raum. Ich habe das Licht ausgeschaltet. Es brennt ihr in den Augen.

„Erbarmen mit deinem Geschöpf!", bete ich siebenundsiebzigmal. „Erbarme dich!"

Ich beuge mich ganz nah zu ihr und rede leise, weiß nicht mehr was. Zum dritten Mal umarmen mich die dünnen, ausgetrockneten Arme und zupfen mich heftig an sich. Alles ist getilgt in uns, was je wir haben einander angetan. Ausgeräumt sind alle dunklen Zellen unsrer Seelen und ein mildes Licht strömt ein. Im Todesringen bricht die Liebe auf wie eine weiße Blüt' im Dorngestrüpp.

Die Schwester hat sich meiner - so waren ihre Worte - erbarmt und ihr auf meine Verantwortung hin eine Beruhigungstablette für die Nacht gegeben. Mit allerletzter Anstrengung hat sie sie geschluckt.

Vergangen der Horror. Das Versagen der Organe schreitet weiter, sie ermattet gänzlich, bettet den Kopf in die seitlich danebengelegten Hände und keucht sich in den Schlaf. Die Augen schließen sich im Zeitlupentempo, ganz, ganz langsam. Endlich hat sie sich ergeben. Noch schwillt der Blasebalg in ihrer Brust, auf und ab, auf und ab, mit letztem Kraftaufwand pumpt sie und pumpt.

Es ist die Nacht zum Dreikönigstag, wird mir plötzlich bewusst. Sie kommen daher mit ihrigem Stern … ich hab sie so gern, sinniere ich halblaut vor mich hin. Schon immer habe ich sie geliebt, die drei Weisen aus dem Morgenland: Kaspar, Melchior, Balthasar. Schöne, fremde Namen. Unbeirrt wandern sie zu ihrem Ziel, das Heil der Welt zu finden und kommen an. Offen für die Menschen jeglicher Nation. So friedlich ihr Umgang mit ihnen. Alljährlich stehe ich an ihrem Schrein im heiligen Köln, in Colonia sancta ara regiorum tertiorum.

„Nehmt meine Mutter mit auf eure Reise zum göttlichen Kind. Setzt sie, die so sehr Erschöpfte, auf eines eurer Kamele, in eine weiche Sänfte! Gebt ihr Geleitschutz, ich bitt! Sie will wie ihr ins Land, wo Milch und Honig fließen.“

Ein gruftiger Modergeruch packt mich, eine Kühle lähmt mir die Lunge. Muss sie unaufhörlich ansehen und weinen, denn immer noch gräbt sich die Qual in ihr Angesicht. So klein ist es geworden in dem Kampf. Und langsam steigt sie aus der hohen, dünn gewordnen Luft die Stufen ab zur schwarzen Unterwelt, zum allertiefsten Punkt auf Erden.

Und dort erstrahlt der Stern …

Am frühen Mittag spazieren Wende und Friede durch die nahe Auenlandschaft. Ein Bauer wendet auf der Bachwiese das gemähte Gras. Noch ist es nicht ganz getrocknet. Warmer Wind trägt den Heuduft herüber, blumig zu ihrem Erstaunen. Sie stehen und schauen,

schauen und stehen, versonnen in der milden Septembersonne. Der Heuwender - von allen landwirtschaftlichen Maschinen ihr die liebste wegen ihrer anmutigen Konstruktion - wirbelt den Schnitt empor. Er tanzt in der Luft, verstreut sich und fällt locker auf andere Erdstellen.

„So hat uns unser Leben auch hin und her gewendet. Und Heu sind wir geworden", sagt sie.

„Und die Kühe fressen uns", lächelt er süffisant.

„Und sie geben Milch für unsere Kinder."

Und sie schweigen. Unten, am Wiesenende, wendet der Fahrer.

„Alles fügt sich und erfüllt sich, musst nur warten können und dem Werden deines Glückes Jahr und Felder reichlich gönnen", zitiert sie leise Christian Morgenstern, „bis du eines Tages jenen reifen Duft der Körner spürest und dich aufmachst und die Ernte in die tiefen Speicher führest."

„Schön!" Und er legt den Arm um sie.

Der Postbote bringt große Couverts mit Treppenprospekten. Friedrich hat sie angefordert. Er will endlich das Dach dämmen und eine Speichertreppe anfertigen lassen.

„Gut' Ding will Weile haben!", meint Wendelgard und ihre grünen Augen blitzen.

„Spotte nicht, schau sie dir an!"

„Ist mir eigentlich egal, Fried, ich laufe sie nicht mehr hoch."

„Trotzdem kannst du doch mit entscheiden."

Er will ihr die verschiedenen Modelle, Hölzer, Kosten und Arbeitsaufwand erklären, denn er hat sich schon in kurzer Zeit einen Überblick verschafft.

„Meine Lust am Treppensteigen ist vergangen, Frieder, ich steige nicht mehr, bin gerne hier unten im Erdgeschoß. Habe hier alles, was ich brauche. Will nicht mehr hinauf. Bin ebener Erde zufrieden."

„Du warst doch mal ein Treppenfan!"

„Das stimmt. Ich war ´s."

Weitere Bücher der Autorin:

Die Augen des Eremiten - Kurzroman
Göttliche Gaben Band 1: Die Fähigkeit zu glauben
BoD Verlag ISBN 978-3-7386-5152-2

Der Krug aus Kerman - Kurzroman
Göttliche Gaben Band 2: Die Fähigkeit zu lieben
BoD Verlag ISBN 978-3-8391-4471-8

allerorten lebensfunken
Gedichte
BoD Verlag ISBN 978-3-7412-5340-9

Die Autorin wurde 1940 in Zweibrücken/Rheinland-Pfalz geboren und wuchs dort auf. Heute lebt sie mit ihrer Familie in der Kolpingstadt Kerpen/Nordrhein-Westfalen.

Neben dem Schuldienst im In- und Ausland (Santiago de Chile) bildete sie sich weiter zur Bibliodrama- und Meditationsleiterin. Ihr Interesse gilt den Weltreligionen, und hier besonders den mystischen Zugängen zum Glauben.

Sie mag die ostasiatische Poetenmalerei und malt im meditativen Aquarell-Stil.

Unter dem Autorennamen Lisett Erden veröffentlicht sie ihre Bücher.